PAS PLEURER

LYDIE SALVAYRE

PAS PLEURER

roman

ÉDITIONS DU SEUIL
*25, bd Romain-Rolland, Paris XIV*ᵉ

ISBN : 978-2-02-111619-9

© Éditions du Seuil, août 2014

www.seuil.com

¿De qué temes, cobarde criatura? ¿De qué lloras, corazón de mantequillas?

Cervantes (*Don Quijote*, II, 29)

1

Au nom du Père du Fils et du Saint-Esprit, monseigneur l'évêque-archevêque de Palma désigne aux justiciers, d'une main vénérable où luit l'anneau pastoral, la poitrine des mauvais pauvres. C'est Georges Bernanos qui le dit. C'est un catholique fervent qui le dit.

On est en Espagne en 1936. La guerre civile est sur le point d'éclater, et ma mère est une mauvaise pauvre. Une mauvaise pauvre est une pauvre qui ouvre sa gueule. Ma mère, le 18 juillet 1936, ouvre sa gueule pour la première fois de sa vie. Elle a quinze ans. Elle habite un village coupé du monde où, depuis des siècles, de gros propriétaires terriens maintiennent des familles comme la sienne dans la plus grande pauvreté.

Au même moment, le fils de Georges Bernanos s'apprête à se battre dans les tranchées de Madrid sous l'uniforme bleu de la Phalange. Durant quelques semaines, Bernanos pense que l'engagement de son fils auprès des nationaux est fondé et légitime. Il a les idées que l'on sait. Il a milité à l'Action française. Il admire Drumont. Il se déclare monarchiste, catholique, héritier des vieilles traditions françaises et plus proche en esprit de l'aristocratie ouvrière que de la bourgeoisie d'argent, qu'il exècre. Présent en Espagne au moment du soulèvement des généraux contre la République, il ne mesure pas d'emblée l'ampleur du désastre. Mais très vite, il ne peut tordre l'évidence. Il voit les nationaux se livrer à une épuration systématique des suspects, tandis qu'entre deux meurtres, les dignitaires catholiques leur donnent l'absolution au nom du Père du Fils et du Saint-Esprit. L'Église espagnole est devenue la Putain des militaires épurateurs.

Le cœur soulevé de dégoût, Bernanos assiste impuissant à cette infâme connivence. Puis, dans un effort éprouvant de lucidité qui l'oblige à rompre avec ses sympathies anciennes, il se décide à écrire ce dont il est le témoin déchiré.

Il est l'un des seuls dans son camp à avoir ce courage.

**A mis soledades voy,
De mis soledades vengo.**

Le 18 juillet 1936, ma mère, accompagnée de ma grand-mère, se présente devant los señores Burgos qui souhaitent engager une nouvelle bonne, la précédente ayant été chassée au motif qu'elle sentait l'oignon. Au moment du verdict, don Jaime Burgos Obregón tourne vers son épouse un visage satisfait et, après avoir observé ma mère de la tête aux pieds, déclare sur ce ton d'assurance que ma mère n'a pas oublié : Elle a l'air bien modeste. Ma grand-mère le remercie comme s'il la félicitait, mais moi, me dit ma mère, cette phrase me rend folle, je la réceptionne comme une offense, comme une patada al culo, ma chérie, una patada al culo qui me fait faire un salto de dix mètres en moi-même, qui ameute mon cerveau qui dormait depuis plus de quinze ans et qui me facilite de comprendre le sens des palabres que mon frère José a rapportées de Lérima. Alors quand on se retrouve en la rue, je me mets à griter (moi : à crier), à crier Elle a l'air bien modeste, tu comprends ce que ça veut dire ? Plus doucement pour l'amour du ciel, implore ma mère qui est une femme très éclipsée. Ça veut dire, je bouillais ma chérie je bouillais, ça veut dire que je serai une bonne bien bête et bien obédissante ! Ça veut dire que j'accepterai tous les ordres de doña Sol sans protester et que je laverai son caca sans protester ! Ça veut dire que je présenterai toutes les garanties d'une perfecte idiote, que je ne rechisterai jamais contre rien, que je ne causerai aucune moleste d'aucune sorte ! Ça veut dire que don Jaime me payera des, comment tu dis ?, des clopinettes, et qu'en plus il me faudra lui dire muchísimas gracias avec cet air modeste qui me va si bien. Seigneur Jésus, murmure ma mère la mirade alarmée, plus bas, on va t'ouir. Et moi je grite encore plus fort : Je me fous qu'on m'ouit, je veux pas être bonniche chez les Burgos, j'aime mieux faire la pute en ville ! Pour l'amour du ciel, me supplique ma mère, ne dis pas ces bêtises. Ils nous ont même pas invitées à nous assir, je lui dis révoltée, ni même serré la main, je me raccorde (moi : je me rappelle), je me rappelle brusquement que je souffre d'un panadis au pouce et que j'ai le doigt bandé, panaris si tu veux, mais ne me rectifie pas à chaque mot sinon j'y arriverai jamais. Alors ma mère pour me pacifier me rappelle à voix susurrée les bénéfices considérables qui m'espèrent si je suis engagée : que je serai logée, que je serai nourrie et que je serai nettoyée, que j'aurai une vacation tous les dimanches pour aller danser la jota sur la place de l'Église, que je toucherai un petit salaire et une petite prime annualle avec quoi je pourrai me constituer un petit trousseau, et même mettre de côté. À ces mots, je clame : Plutôt morir ! Dios mío, souspire ma mère en jetant des mirades angoissées sur les deux files de maisons qui bordent la ruelle. Et moi je me mets à courir à toute vélocité vers mon grenier. La guerre, heureusement, éclate lendemain, ce qui fait

14

que je ne suis jamais allée faire la bonne ni chez les Burgos, ni chez personne. La guerre, ma chérie, est tombée à pic nommé.

Ma mère, ce soir, regarde la télévision où l'image fortuite d'un homme interpellant le président de la République lui rappelle soudain l'enthousiasme de son frère José à son retour de Lérima, sa jeune impatience et sa ferveur qui le rendaient beau. Et tout remonte d'un coup, la petite phrase de don Jaime Burgos Obregón, l'allégresse de juillet 36, la découverte euphorique de la ville, et le visage de celui qu'elle a aimé à la folie et que ma sœur et moi appelons depuis l'enfance André Malraux.

Ma mère s'appelle Montserrat Monclus Arjona, un nom que je suis heureuse de faire vivre et de détourner pour un temps du néant auquel il était promis. Dans le récit que j'entreprends, je ne veux introduire, pour l'instant, aucun personnage inventé. Ma mère est ma mère, Bernanos l'écrivain admiré des *Grands Cimetières sous la lune* et l'Église catholique l'infâme institution qu'elle fut en 36.

FUENTE ES MI VIDA
EN QUE MIS OBRAS BEBEN

Ma mère est née le 14 mars 1921. Ses proches l'appellent Montse ou Montsita. Elle a quatre-vingt-dix ans au moment où elle évoque pour moi sa jeunesse dans cette langue mixte et transpyrénéenne qui est devenue la sienne depuis que le hasard l'a jetée, il y a plus de soixante-dix ans, dans un village du Sud-Ouest français.

Ma mère a été belle. On me dit qu'elle avait autrefois cette prestance très particulière que conférait aux femmes espagnoles le port du cántaro sur la tête et qu'on ne voit aujourd'hui qu'aux danseuses de ballet. On me dit qu'elle avançait comme un bateau, très droite et souple comme une voile. On me dit qu'elle avait un corps de cinéma et *portait dans ses yeux la bonté de son cœur.*

Aujourd'hui elle est vieille, le visage ridé, le corps décrépit, la démarche égarée, vacillante, mais une jeunesse dans le regard que l'évocation de l'Espagne de 36 ravive d'une lumière que je ne lui avais jamais vue. Elle souffre de troubles de la mémoire, et tous les événements qu'elle a vécus entre la guerre et aujourd'hui, elle en a oublié à tout jamais la trace. Mais elle garde absolument intacts les souvenirs de cet été 36 où eut lieu l'inimaginable, cet été 36 pendant lequel, dit-elle, elle découvrit la vie, et qui fut sans aucun doute l'unique aventure de son existence. Est-ce à dire que ce que ma mère a tenu pour la réalité pendant les soixante-quinze années qui ont suivi n'a pas eu pour elle de réelle existence ? Il m'arrive de le penser.

Ce soir, je l'écoute encore remuer les cendres de sa jeunesse perdue et je vois son visage s'animer, comme si toute sa joie de vivre s'était ramassée en ces quelques jours de l'été 36 dans la grande ville espagnole, et comme si, pour elle, le cours du temps s'était arrêté calle San Martín, le 13 août 1936 à 8 heures du matin. Je l'écoute me dire ses souvenirs que la lecture parallèle que je fais des *Grands Cimetières sous la lune* de Bernanos assombrit et complète. Et j'essaie de déchiffrer les raisons du trouble que ces deux récits lèvent en moi, un trouble dont je crains qu'il ne m'entraîne là où je n'avais nullement l'intention d'aller. Pour être plus précise, je sens, à leur évocation, se glisser en moi par des écluses ignorées des sentiments contradictoires et pour tout dire assez confus. Tandis que le récit de ma mère sur l'expérience libertaire de 36 lève en mon cœur je ne sais quel émerveillement, je ne sais quelle joie enfantine, le récit des atrocités décrites par Bernanos, confronté à la nuit des hommes, à leurs haines et à leurs fureurs, vient raviver mon appréhension de voir quelques salauds renouer aujourd'hui avec ces idées infectes que je pensais, depuis longtemps, dormantes.

Au moment où ma mère âgée de quinze ans se présente accompagnée de ma grand-mère au poste de domestique, doña Pura, la sœur du susnommé don Jaime Burgos Obregón, posée éternellement raide sur le bord d'une chaise à haut dossier de cuir, lit dans l'exaltation l'éditorial qui est à la une de son journal, *Acción Española* : « Un jeune général s'est décidé à prendre le commandement de la Grande Espagne en train de sombrer dans la démocratie et le socialisme afin de constituer une digue contre l'invasion bolchevique. À son appel, d'autres généraux se sont groupés sans hésiter autour de cet extraordinaire entraîneur d'hommes et les ligues nationales se sont réveillées. Mais l'esprit, l'intelligence, le dévouement à la patrie et l'héroïsme seront-ils capables de venir à bout des bas appétits et des instincts bestiaux hissés jusqu'au pouvoir par le gouvernement de Moscou qui espère empoisonner ainsi toute l'Europe méditerranéenne ? » La question sur laquelle s'achève l'article jette doña Pura dans une angoisse telle qu'elle est prise aussitôt de palpitations cardiaques. Car doña Pura est sujette aux palpitations cardiaques. Et bien que le médecin lui ait prescrit d'éviter les contrariétés qui déclenchent ses palpitations cardiaques, ses sentiments patriotiques lui ordonnent de lire le journal des nationaux. C'est un devoir, docteur, dit-elle d'une voix qui défaille. Les jours suivants, doña Pura vit dans l'effarement de voir sa maison pillée, ses terres volées et sa fortune détruite par José, le frère de Montse, et sa bande de voleurs. D'autant que Maruca, l'épicière, lui a confié à voix basse que les anarchistes se livraient dans leurs virées à des hold-up sanglants, éventraient les religieuses après les avoir violées, puis souillaient leurs couvents par d'horrifiques profanations. Dès lors, doña Pura les imagine faisant irruption dans sa chambre, arrachant le crucifix d'ivoire qui surplombe sa blanche couche, dérobant sa boîte à bijoux incrustée d'émaux, et s'adonnant, Seigneur Jésus, à des sévices inqualifiables. Elle continue cependant de saluer, lorsqu'elle les croise, les parents de ces têtes brûlées. Faut-il qu'elle ait bon cœur !

Mais le soir venu, agenouillée sur son prie-Dieu, elle implore le Ciel qu'il protège les siens de ces sauvages qui ne respectent rien.

Qu'ils crèvent !

La phrase à peine prononcée, elle rougit de honte d'avoir émis un tel souhait. Le bon Dieu, doté à ce qu'on dit d'une ouïe suprasensible, aurait-il entendu ses paroles ? Elle s'en confessera dès demain à don Miguel (le curé du village qui ne s'est pas encore enfui), lequel lui prescrira pour pénitence trois Ave et un Pater, ceux-ci ayant sur sa conscience l'effet curatif quasi instantané d'un cachet d'aspirine. Il est notoire que, quels que soient les crimes que les catholiques commettent contre les rouges à cette époque-là, à l'arme blanche, à l'arme à feu, à coups de matraques ou de barres de fer, ils sont instantanément blanchis et pardonnés, pour peu que leur auteur fasse acte de contrition avant la prière du soir, les petits arrangements avec le Ciel espagnol s'avérant proprement magiques.

Doña Pura reprend son invocation et prie à présent la Très Sainte Vierge Marie de mettre un terme aux agissements de ces effrontés qui offensent mortellement son bon Dieu. Car doña Pura considère que porter atteinte à ses richesses c'est offenser mortellement son bon Dieu. Car doña Pura sait mieux que quiconque ce qui offense mortellement son bon Dieu. Car doña Pura fait partie de ces personnes que dans le village, par un raccourci éloquent, on appelle des fachas.

Facha est un mot qui, prononcé avec le tcheu espagnol, se lance comme un crachat.

Les fachas dans le village sont en nombre réduit et ont en commun de considérer que :

IL N'EST DE BON ROUGE
QU'UN ROUGE MORT.

José, mon oncle, le frère de Montse, est un rouge, ou plutôt un rouge et noir.

Depuis que sa sœur lui a rapporté sa visite chez les

Burgos, il ne décolère pas. Les rouges en 36 ne décolèrent pas. Encore moins les rouges et noirs.

José considère que sa sœur a été offensée. L'Espagne de 36 regorge d'offensés.

Elle a l'air bien modeste ! Elle a l'air bien modeste ! Mais pour qui il se prend ce cabrón ! Il va le regretter ce sinvergüenza ! On va la lui faire avaler sa putain de phrase dégueulasse ! On va lui faire fermer la gueule à ce burgués !

Depuis son retour de Lérima, José n'est plus le même. Il a dans le regard le reflet de visions inouïes, ineffables, et à la bouche des mots d'un autre monde qui font dire à sa mère On m'a changé mon fils.

Chaque année, entre la récolte des amandes au mois de mai et celle des noisettes en septembre, José s'en va faire les foins en tant que saisonnier dans une grosse propriété des environs de Lérima, pour un labeur qui dépasse ses forces et un salaire dérisoire mais qu'il est fier d'offrir à ses parents.

Depuis l'âge de quatorze ans, ses journées se consument en travaux des champs qui commencent à l'aube et ne prennent fin qu'à la tombée du jour. Sa vie est réglée de la sorte. Et il ne songe pas un seul instant à la remettre en cause, et il ne songe pas un seul instant qu'il soit possible de vivre autrement.

Mais cette année-là, lorsqu'il arrive à Lérima accompagné de Juan, il trouve une ville qui a chaviré jusqu'au vertige, morale culbutée, terres mises en commun, églises transformées en coopératives, cafés bruissant de slogans, et sur tous les visages une allégresse, une ferveur, un enthousiasme qu'il n'oubliera jamais.

Il découvre alors des mots si neufs et si audacieux qu'ils transportent son âme de jeune homme. Des mots immenses, des mots ronflants, des mots brûlants, des mots sublimes, les mots d'un monde qui commence : révolution, liberté, fraternité, communautés, ces mots qui, accentués en espagnol sur la dernière syllabe, vous envoient immédiatement leur poing dans la figure.

Il est émerveillé comme un enfant.

Des choses jamais pensées lui viennent à l'esprit. Démesurées.

Il apprend à lever le poing et à chanter en chœur *Hijos del Pueblo*.

Il crie avec d'autres À bas l'oppression, Vive la liberté.

Il crie À mort la mort.

Il se sent exister. Il se sent meilleur. Il se sent moderne, et son cœur déborde. Il comprend tout à coup ce que signifie être jeune. Il l'ignorait. Il se dit qu'il aurait pu mourir en l'ignorant. Il mesure en même temps combien sa vie jusqu'à ce jour fut morne, et pauvres ses désirs.

Il perçoit dans ce grand souffle noir quelque chose

qu'il appelle, parce qu'il ne dispose pas d'autre mot, poésie.

Il revient au village de grandes phrases plein la bouche et un foulard rouge et noir serré autour du cou.

Dans une éloquence fiévreuse, il dit à son auditoire (lequel se limite pour l'instant à sa mère et sa sœur) qu'à Lérima une aube splendide s'est levée (il a une propension naturelle au lyrisme), que l'Espagne est enfin devenue espagnole et lui espagnolissime. Il dit dans des frémissements qu'il faut liquider l'ordre ancien qui perpétue la servitude et la honte des hommes, que la révolution des cœurs et des esprits a commencé et qu'elle s'étendra demain à tout le pays et de fil en aiguille à l'univers entier. Il dit que plus jamais l'argent ne décidera de toutes choses, que plus jamais il ne fondera les distinctions entre les êtres, et que bientôt

La mer aura un goût d'anisette, fait la mère agacée.

et que bientôt il n'y aura plus d'injustice, plus de hiérarchie, plus d'exploitation, plus de misère, que les gens pourront part

Partir en vacances avec le pape, complète la mère de plus en plus excédée.

partager leurs richesses, et que ceux qui ferment leur gueule depuis qu'ils sont au monde, ceux qui louent leur terre à ce cabrón de don Jaime qui les

possède toutes, ceux qui lavent le caca de sa femme
et récurent sa vaiss
Il remet ça ! s'exclame la mère qui en a par-dessus
la tête.
ils vont se lever, ils vont se battre, ils vont s'affranchir
de toutes les dominations et dev
Je t'en foutrai moi des dominations, éclate la mère.
C'est sept heures, et tu ferais mieux d'aller aux poules.
Je t'ai préparé le seau.
Mais José est intarissable, et les poules, fermées aux
idées de Bakounine, attendront encore un peu leur
pâtée.

Depuis son retour de Lérima, José est intarissable et
alterne sans cesse des moments où il fulmine, où il
enrage, où il multiplie les coño, les joder, les puñeta
et les me cago en Dios, et d'autres où sublimement
il s'exalte.
Le matin, il tempête contre les mauvais riches, pléo-
nasme dit-il (il a découvert ce mot dans le journal
Tierra y Libertad) puisqu'il n'est que de mauvais riches,
quelle est, dites-moi, la fortune qui n'est pas volée ?
Il peste contre les profiteurs et amis du curé don
Miguel, lequel va sentir passer, sous sa soutane, le
vent glacé de la révolution (ça le fait rire), contre le
ladrón don Jaime Burgos Obregón et autres affameurs,
et surtout contre le chef du gang national qui s'est

24

autopromu chef de la rébellion : le général Francisco Franco Bahamonde, qu'il injurie tantôt dans un idiome fleuri que d'aucuns pourraient qualifier de vulgaire, le traitant de nabot enculeur de curés, de fumier, de pourri, de fils de pute, d'assassin qu'il va pendre par les, tantôt sur le mode bakounino-logico-politique, le désignant alors comme l'allié objectif du capitalisme et l'ennemi de classe du prolétariat, celui-ci victime à la fois de la défiance du gouvernement républicain et de la répression franquiste.

Mais si son cœur, le matin, est une poudrière, le soir il rêve tout haut de choses fabuleuses et promet à sa sœur Montse un monde où aucun être ne sera jamais plus ni le servant ni la propriété d'un autre, où aucun être n'aliénera jamais plus en faveur d'un autre la part de souveraineté qui lui revient (phrase empruntée au journal *Solidaridad Obrera*), un monde juste et beau, un paraíso, il en rit de bonheur, un paradis réalisé où l'amour et le travail se feront librement, dans la joie, et où

Je vois pas comment, l'arrête Montse en se retenant de rire, comment je pourrais en plein mois de janvier cueillir les olives librement dans la joie avec les doigts gelés et le dos en compote. Tu rêves, lui dit-elle du haut de ses quinze ans.

La remarque de Montse interrompt un instant les promesses mirifiques que José a mises à son programme, mais il enchaîne aussitôt avec la même fougue et la même chaleur. Et au fond d'elle-même, Montse est heureuse d'entendre son frère imaginer un avenir humain où personne ne crachera sur personne, où plus aucune peur ni plus aucune honte se liront dans les yeux, où les femmes seront les égales des

Égales en méchanceté ? lui demande, malicieuse, Montse.

Égales en méchanceté comme en tout, dit José.

Montse sourit, et tout son être acquiesce secrètement aux mots que José sait mettre sur des choses muettes et qui lui ouvrent un monde inconnu et vaste comme une ville.

Elle relance José tant elle aime l'écouter. Le voici à présent philosophe (c'est ce José-là qu'elle préfère entre tous) et faisant des phrases supérieures sur l'art de déposséder. Montse : l'art de quoi ? José : de déposséder. Montse : ça veut dire quoi ? José : ça veut dire que posséder un objet, une maison, un bijou, une montre-bracelet, des meubles en acajou, qué sé yo, c'est s'en faire l'esclave, c'est vouloir à tout prix les garder, c'est ajouter de nouvelles servitudes à celles auxquelles on ne peut se soustraire. Alors que dans les communes libres que nous allons mettre sur pied, tout sera à nous et rien ne sera à nous, comprendes ? la terre sera à nous comme la lumière et l'air, mais elle ne sera à personne. Il exulte. Et les maisons seront sans verrou ni loquet, t'y crois pas ? Montse boit ses paroles dont elle saisit le quart, mais qui lui font du bien sans qu'elle sache pourquoi.

La mère, lassée, espère que ces affabulations propres à la jeunesse ne dureront qu'un temps et que José recouvrera rapidement ce qu'elle appelle : le sens des réalités, c'est-à-dire pour elle : celui des renoncements. Tel est son vœu secret. Tel est le vœu secret de toutes les mères du village. Les mères sont des monstres.

On va faire la révolution et écraser les nationaux, s'exalte José, Fuera los nacionales ! Fuera ! Fuera !

À Palma de Majorque où séjourne Bernanos, les nationaux ont déjà commencé la chasse aux rouges, lesquels, sur cette île très calme, n'appartiennent qu'à des partis modérés et n'ont pris nulle part aux massacres des prêtres.

Depuis que la Santa Guerra est déclarée, depuis que les avions fascistes sont bénis par l'archevêque de Palma en robe d'apparat, depuis que sa boulangère lui fait, lorsqu'elle le croise, le salut mussolinien, depuis que le cafetier, rouge d'indignation, lui dit qu'il faut mettre au pas (d'une balle dans la tête) les ouvriers agricoles qui osent déclarer que travailler quinze heures par jour mérite meilleur salaire, Bernanos sent une angoisse grandissante l'envahir.

La revue catholique française *Sept*, dirigée par des dominicains, a accepté de publier régulièrement ses témoignages sur les événements d'Espagne. Ce sont ces chroniques qui constitueront, plus tard, la matière des *Grands Cimetières sous la lune*.

Certains jours, se promenant dans la campagne palmesane, il lui arrive de buter au coin d'un chemin sur un cadavre grouillant de mouches, la tête ensanglantée, le visage lacéré, les paupières horriblement tuméfiées et la bouche ouverte sur quelque chose de noir.

Il croit d'abord que ces exécutions sommaires ne sont que des bavures ou des actes de vengeance réprouvés par presque tous.

Il croit à un bref incendie.

Mais l'incendie se prolonge et son angoisse monte.

Un feu d'une autre nature embrase l'esprit de José qui tout le jour fulmine et tout le jour s'exalte. Mais dès que le père revient des champs, José se mure dans le silence.

Son père est propriétaire d'un terrain de huit cents ares, légué de génération en génération depuis des lustres, et qu'il a augmenté de quelques arpents achetés à don Jaime à tempérament. Cette terre assoiffée sur laquelle ne poussent que d'âpres oliviers et une herbe rêche tout juste bonne pour les chèvres constitue son seul patrimoine et son bien le plus précieux, plus précieux sans doute que ne l'est son épouse qu'il a choisie pourtant avec le même soin qu'il a choisi sa mule.

José sait qu'il ne sert à rien de tenter de convaincre son père du bien-fondé de son projet de répartir plus justement les terres cultivables. Le père, qui n'est jamais sorti de son trou, qui ne sait ni lire ni écrire, et qui a gardé, dit José, une mentalité d'arriéré, rejette violemment les idées de son fils et n'en admettra jamais jamais jamais le principe.

Il dit Moi vivant, personne mangera mon pain.

Comment lui faire comprendre que des idées nouvelles sont sur le point de transformer le monde pour le faire meilleur ?

Le père n'en veut rien savoir. Il dit À moi on me la fait pas. Pas si con. Je suis pas né de la dernière pluie. Il estime, du reste, que sa position dictée par une antique sagesse paysanne et la clairvoyance de ceux qui ne se laissent pas berner par des sornettes est la seule qui vaille et la seule durable. Et il voudrait modeler son fils à son image ! Et il voudrait le contraindre à une fatalité identique à celle qui le courbe ! José dispose d'un mot pour qualifier une telle attitude : DESPOTIQUE !

DESPOTIQUE est un terme que José a ramené de Lérima (avec toute une collection de mots en -ique et en -on), pour lequel il a une nette prédilection.

Despotique son père, despotique la religion, despotique Staline, despotique Franco, despotiques les femmes, despotique le fric.

Le mot plaît aussi à Montse qui brûle d'en faire usage. Et lorsque son amie Rosita vient la chercher pour aller danser sur la place de l'Église comme tous les dimanches, elle lui dit qu'elle ne se prêtera pas à une habitude aussi DESPOTIQUE.

Quizás, lui rétorque Rosita qui appréhende vaguement le sens du vocable, mais c'est la seule occasion pour toi de rencontrer ton novio.

Quel novio ?

Ne fais pas l'imbécile, tout le monde le sait.

Tout le monde sauf moi.

Mais Diego est dingue de toi.

Dis pas ça, fait Montse en se bouchant les oreilles.

Et ma mère qui passe à présent ses journées assise dans son fauteuil d'invalide situé près de la fenêtre d'où elle regarde les enfants jouer dans la cour de l'école car c'est l'un des derniers bonheurs qui lui restent, ma mère à qui je donne à manger comme à une enfant, que je lave et j'habille comme une enfant, que je promène comme une enfant car elle ne peut marcher qu'accrochée à mon bras, ma mère se revoit en train de grimper d'un pas alerte la calle del Sepulcro qui monte vers la place de l'Église où un petit orchestre joue une jota pompompom pompompom. C'est chaque fois la même chose, me dit-elle, et son visage tout ridé s'allume d'une malice enfantine. Diego est là qui me mire, qui me mange des yeux, qui me relouque comme tu dirais, et si je pose mes yeux sur lui, il détourne les siens comme pris la main dans la bourse.

Le manège se répète, identique, tous les dimanches pompompom pompompom, sous les yeux espions de sa mère qui a parfaitement perçu le manège des yeux qui n'est rien d'autre que le manège du cœur pompompom pompompom.

Toutes les mères du village forment un cercle de contrôle sur la place de l'Église et gardent à vue leur progéniture tout en faisant des supputations sur les possibilités matrimoniales qui semblent se dessiner pompompom pompompom. Sans relâcher un seul instant la surveillance gendarmière, les plus ambitieuses rêvent de marier leur fille au fils Fabregat : il a de quoi. Mais la plupart se bornent à souhaiter que leur fille ait un petit nid douillet et une petite vie pépère dans le petit cercle tracé autour de l'axe masculin, que dis-je, autour du pivot, du pilier, du pilon, du pilastre, du propylée masculin solidement implanté dans le sol du village comme il sera implanté un jour dans le sol mouvant du mystère féminin, que c'est beau, que c'est beau.

Montse ne semble nullement touchée par l'intérêt muet que lui porte le pivot nommé Diego.

Sa rousseur la repousse.

Son insistance l'embarrasse.

Elle a le sentiment qu'il la tient, par ses yeux, en joue.

Et il ne lui vient pas à l'esprit de répondre à ses flammes. Elle aurait plutôt tendance à refroidir ses feux.

Car bien qu'elle prépare son trousseau de mariage comme toutes les jeunes filles de son âge et qu'elle brode les deux M enlacés de son nom sur les draps de lin blanc et les serviettes de toilette, Montse ne partage pas l'obsession de ses amies de trouver un mari avant qu'on ne les envoie servir chez des señores, autrement dit le plus vite possible (trouver un mari : sujet n° 1 des conversations auxquelles icelles s'adonnent en montant et descendant la Gran Calle, puis la remontant et la redescendant, puis la reremontant et la reredescendant, conversations assorties de commentaires sur Untel qui m'a regardée en faisant semblant de rien et qui est passé trois fois devant la porte j'ai le cœur à cent vingt, sur tel autre qui porte des chaussettes dépareillées s'il croit que, ou sur Emilio on voit qu'il sait y faire, moi je m'en méfie je lui préfère Enrique avec lui c'est du sûr, et autres gazouillis papotis et roucoulis de la même musique).

Si Montse demeure étonnamment placide devant l'intérêt passionné que lui porte Diego, son frère José en revanche voit d'un très mauvais œil ce dernier jeter son dévolu sur sa jeune sœur. Son petit jeu l'insupporte. Diego est à ses yeux un señorito avec le ventre plein, un enfant gâté, repu, un fils à papa et, pire que tout, un révolutionnaire de salon qui restera toujours, qu'il le veuille ou non, un burgués. Cela suffit à sa détestation.

Depuis son retour de Lérima, José pense le monde simplement.

Quant à la mère de Montse, ce n'est pas sans une certaine satisfaction qu'elle observe le fils Burgos tourner autour de sa fille. Le jeune homme présente bien, il a de l'éducation, et la fortune de sa parentèle constitue un excellent antidote à la rousseur affreuse de sa chevelure et à la méfiance obscure qu'il suscite chez les villageois.

Car bien que ces derniers ne l'avouent jamais franchement, ils demeurent circonspects devant ce Diego, fils adoptif de don Jaime Burgos Obregón et de doña Sol son épouse, un enfant dont personne ne sait ni où ni par qui il fut conçu, les deux parents faisant silence sur les conditions de sa venue comme s'ils en avaient honte, ou peut-être simplement parce que personne ne se risque à leur poser la question.

Et dans le village où l'on peut dire sans se tromper qui deviendra quoi en fonction de son lignage (origine contrôlée et traçabilité pour tous), le mystère de sa naissance lui vaut une défiance générale, parfois mêlée d'hostilité.

Les rumeurs les plus extravagantes circulent constamment, relatives à ses éventuels géniteurs, des rumeurs qui relient sa naissance clandestine à quelque chose de sombre, de douloureux, et souvent d'infamant. À en croire la dernière (rumeur) en date, Diego serait né de la liaison, tenez-vous bien, de don Jaime avec la Filo, une débile mentale qui vit avec sa vieille mère qu'on appelle la Bruja dans une cahute aménagée à la sortie du village.

Comment ces deux femmes pourvoient-elles à leur subsistance ? Nul ne sait.

Peut-être d'une petite rétribution de don Jaime, insinue Macario, le cordonnier, à l'oreille de la Clara.

Vous voulez dire que, fait la Clara, indignée.

Vous m'avez parfaitement compris, chuchote le cordonnier, l'air finaud.

Avec ?

Parfaitement !

Doux Jésus ! On aura tout vu !

Et elle laisse en plan le cordonnier pour aller colporter instantanément la nouvelle à la Consol, laquelle la rapporte, dans les cinq minutes qui suivent, à la Carmen, laquelle, etc.

Tous savent évidemment que cela n'est pas vrai, tous inclus ceux qui le répètent. Tous savent que la fille de la Bruja n'a jamais été enceinte, on l'aurait remarqué, dans un petit village comme celui-ci un tel événement ne peut passer inaperçu. Mais cette version extravagante continue de circuler et de trouver preneur, et tous les villageois s'en repaissent sans nullement y croire et en y adjoignant de savoureux et fantaisistes additifs, sordides si possible. Il faut que tu comprends qu'à cette époque-là, me dit ma mère, les racontages remplacent la télévision et que les villageois, dans leur appétit romantique de disgrâces et de drames, y trouvent matière à rêves et à inflammations.

Mais avec les événements de juillet 36 cette rumeur s'envole, car des choses autrement importantes sont désormais en jeu. Ce qui importe à présent, ce qui importe follement, ce qui importe furieusement, c'est de classer les gens en bons ou en mauvais, selon leur étiquetage politique. Ce qui importe par-dessus tout, c'est de savoir qui est de la FAI, qui du POUM, qui du PCE et qui de la Phalange, car ces appartenances priment désormais sur tout le reste et écrasent les nuances et les contradictions de ceux qui s'en réclament.

Dans l'Espagne en guerre de 36, les subtilités, à la trappe !

Ce qui importe donc, c'est de savoir que Diego s'est inscrit il y a quelques mois au parti communiste. À la stupeur de tous.

L'on a longuement commenté les raisons de cette adhésion, et l'on a beaucoup ri en imaginant la tête qu'avait dû faire doña Pura en apprenant que son neveu avait fait alliance avec les monstres moscovites. On s'est perdu en suppositions (dit ma mère) avec cette psychologie à deux balles comme tu dirais, dont les gens s'encapricent quand ils sont privés des distractions élémentaires.

On s'est demandé si Diego s'était inscrit au Parti avec le dessein de s'opposer à son père, ou pour défendre ses intérêts. On s'est demandé si ce geste traduisait une tentative d'évasion hors de la sphère des Burgos, ou le souci affectueux de les garder d'éventuelles représailles. On s'est demandé si son mobile profond ne se trouvait pas précisément dans cette concurrence qu'il faisait à son père qu'il voulait détrôner tout en le protégeant. On s'est demandé s'il avait trouvé là une forme de réparation à une enfance de laquelle on ignorait tout mais que l'on supposait désastreuse. On s'est demandé si son embrigadement n'était pas pour lui l'occasion rêvée de gagner des galons et d'être accepté enfin par les habitants du village. On s'est demandé s'il connaissait lui-même les raisons de son embrigadement et si le ton péremptoire sur lequel il parlait ne recouvrait pas justement une forme de vacillement intérieur. On s'est demandé si sa crainte que la pureté de son adhésion souffrît des origines bourgeoises de son père ne l'amenait pas à affirmer ses idées avec cette dureté implacable.

Car désormais, Diego, qui s'est toujours montré fuyant et taciturne, prend la parole au café et ailleurs sur un ton d'autorité et une sorte de violence retenue qui a surpris tout son monde. Il pontifie. Il fait l'avantageux. Il se plaît à expliquer avec l'aplomb d'un Robespierre la situation du moment à la lumière des articles du *Mundo Obrero*. Il a dévoré les formules ampoulées du journal. Il en a essayé les effets dans sa chambre et devant son miroir. Et ces formules lui ont paru justes et belles. Et les confuses aspirations qui remuent son cœur n'ont pas trouvé de meilleure expression que par elles.

Si bien que don Jaime ne reconnaît plus son fils. Et qu'il en souffre. Il voit, dans le nouvel endoctrinement de Diego et dans le culte idolâtre qu'il porte à ce Staline, le signe douloureux que son long travail d'éducation spirituelle s'est effondré.

Diego, d'ailleurs, depuis qu'il est entré dans sa famille adoptive, paraît avoir à cœur de la punir, et de l'attrister. Enfant, il est sombre, renfrogné, refusant farouchement tous les gestes de tendresse comme si une force terrible les lui interdisait.

Adolescent, une rancœur hargneuse, incompréhensible, l'anime, une sorte de colère muette, d'animosité retenue contre les choses et les êtres, qui amène à supposer qu'un événement irréparable s'est produit dans sa vie avant même qu'il ne connaisse les tourments des adultes.

Il a des mots qui blessent. Il connaît déjà leur pouvoir. Il est précoce.

Mais comme il n'ose exprimer sa violence envers son père, il la tourne contre sa belle-mère dont il a tout de suite deviné dans ses yeux la faiblesse, quelque chose de brisé. Et il suffit que celle-ci s'exprime pour qu'il prenne aussitôt furieusement son contre-pied.

T'es pas ma mère, lui lance-t-il, les yeux impitoyables, à la moindre de ses remarques.

T'as pas de droit sur moi, lui dit-il, la voix mauvaise, si elle l'interroge par exemple sur les multiples du gramme ou la conjugaison du verbe être.

Et lorsqu'il est contraint de subir ses baisers avant d'aller se coucher, il essuie sa joue, ostensiblement, et doña Sol se mord les lèvres pour ne pas éclater en sanglots.

Ça va mal finir, a souvent prédit Justina (la bonne que doña Pura a congédiée au prétexte qu'elle sentait l'oignon, les causes véritables du renvoi demeurant à ce jour inconnues).

Doña Sol n'ose se plaindre à son époux du comportement de l'enfant par crainte d'aggraver le ressentiment de celui-ci à son endroit. Mais par une évolution implacable, le petit Diego prend de plus en plus d'empire sur sa belle-mère. Au point qu'il en vient à lui dire Ta gueule, ou Ferme-la, ou Va te faire foutre, à peine lui adresse-t-elle la parole, avec cette cruauté dont sont capables les enfants.

Mais qu'est-ce que tu as mon petit ? lui demande doña Sol, les yeux implorants.

Ne m'appelle pas ton petit ! hurle Diego.

Et doña Sol, avec son air vaincu et ses lèvres qui tremblent, continue de se taire et de retenir ses sanglots.

Don Jaime ne voit pas ou feint de ne pas voir l'animosité de son fils vis-à-vis de son épouse. Il s'inquiète en revanche de la médiocrité de ses résultats scolaires, puis se console en pensant que plus tard, il s'occupera des terres.

Or Diego l'affirme tôt, il hait la campagne. Il hait ce trou perdu qui détient le record du village le plus rétrograde d'Espagne, il le dit avec, dans la voix, une sorte de méchanceté. Il ne veut pas moisir comme ces bouseux, sans autre intérêt dans la vie que le prix du kilo d'olives, les ravages de la grêle ou la récolte retardée des patates. Il ne veut pas ressembler au régisseur, lavé le dimanche à l'eau de Cologne pour contre-attaquer l'odeur du fumier, encore moins au Peque qui s'arrose de brillantine pour briller du cheveu à défaut d'autre chose. D'ailleurs, il hait tous ces paysans qui le regardent comme un señorito au cul bordé de nouilles, lui qui refuse farouchement d'être un fils à papa, lui qui veut justement oublier son papa, lui qui veut oublier sa naissance, lui qui veut oublier la grande famille des Burgos et se faire un destin qui ne procède que de lui seul.

Et ses réticences à assumer un patrimoine auquel presque tous aspirent dans leurs rêves les plus insensés font offense aux paysans de son village, lesquels ne possèdent rien. Qu'il soit odieux avec sa belle-mère et de caractère fermé, passe encore, il faut s'attendre à tout d'un enfant venu d'on ne sait où et peut-être même pas d'Espagne ; qu'il ait les cheveux rouges comme un Indien du Dakota, on peut l'admettre ; mais qu'il refuse de s'occuper des terres de son père qui sont de très loin celles qui donnent le plus, ça non ! non ! et non ! Les paysans sont unanimes, Diego fait du genre. Trop fier.

Mais pour qui il se prend ?

De qui qu'il tient ?

C'est bien la question.

Il paraît qu'il reste au lit jusqu'à 9 heures du matin à se curer les ongles et à lire des livres de Karl Marx !

De qui ?

D'un prophète russe qui veut faire pendre tous les richards comme son père, si tu veux un dessin.

Au lieu de se bouger le cul.

Enfin ça nous regarde pas.

Quel âge ça lui fait maintenant ?

Dans les vingt.

Il serait quand même temps qu'il prenne de la graine.

Pour moi le ver est dans le fruit, et quand le ver est dans le

Ça se voit à sa

Pauvre père !

On peut dire qu'il lui en fait voir !

Çà !

Mais Diego n'est pas près de pardonner son enfance calamiteuse à ceux qu'il considère comme ses faux parents et dont le legs constitue pour lui un cadeau immérité, un héritage indu et qui l'écrase, l'inscription dans une histoire dont il se sent toujours l'intrus.

Il veut devenir quelqu'un, ser alguien, mais par sa seule volonté et par son seul mérite. Les privilèges que lui confère sa lignée, il ne pense plus qu'à s'en délester. Et bien que l'usage et la loi veuillent qu'il se consacre à la propriété paternelle dont il est l'unique légataire, bien que sa tante doña Pura ne cesse de lui répéter avec une satisfaction et des rengorgements qu'il trouve obscènes qu'il est un Burgos, c'est-à-dire une caste, un apanage et une élite, autant de titres que nulle république ne pourrait conférer et dont il se doit de perpétuer la tradition, il refuse violemment l'idée d'en être l'héritier. Et don Jaime, qui a nourri pour Diego le rêve qu'il le continuerait, en est très malheureux.

Du reste, presque tous les pères du village en 1936 sont malheureux car leurs fils ne veulent plus de leur Sainte Espagne. Ils ne veulent plus supporter le poids de censure dont le curé don Miguel les écrase et dont ils tentent de s'alléger en pissant sur les géraniums de son jardin, ou en salopant, à l'heure de la messe, dans des rires étouffés, le Padre Nuestro : *Puto Nuestro que estás en el cielo, Cornudo sea tu nombre, Venga a nosotros tu follón, Danos nuestra puta cada día, y déjanos caer en tentación...* Ils ne veulent plus des religieuses au teint couleur de cierge qui enseignent aux filles dont elles font l'instruction qu'un diable luxurieux se niche entre leurs jambes. Ils ne veulent plus de ces travaux des champs qui leur rapportent à peine de quoi se payer deux copitas, ou plutôt, la vérité oblige à le dire, six ou sept, enfin disons huit ou dix, au café tenu par Bendición et par son gros mari, le dimanche en fin d'après-midi, avant la soupe. Et ces fils dont les désirs ne trouvent nulle place dans l'univers moribond de leurs pères, maudissent ces derniers, répudient leurs valeurs, et la bouche railleuse leur jette à la figure des choses fantastiques qu'ils ne peuvent concevoir. L'Histoire ma chérie est faite de ces enfrontements, les plus cruels de tous et les plus infelices, et aucun des pères du village n'en est prémunisé, pas plus le père de Diego que celui de José, la justice immanente n'obédissant pas aux décrets de la justice des hommes (dit ma mère dans un français sophistiqué autant qu'énigmatique).

Le père de José est d'autant plus désolé que son voisin Enrique vient de lui annoncer que José faisait les cent coups avec des syndiqués, une bande de têtes brûlées qui se disent rebelles et se promènent dans le village avec, autour du cou, un foulard rouge et noir pour faire de l'épate ! Quelle honte !
Je vais te lui remettre les idées en place à ce morveux. Il va comprendre sa douleur, s'exclame le père. Il a vu partir à Lérima un fils travailleur, respectueux, raisonnable, les pieds sur terre et qui marchait droit. Et il retrouve qui ? un excité, un indócil medio loco con la cabeza llena de tonterías.
C'est à Lérima, s'énerve le père, qu'on lui a foutu

ces couillonnades dans la tête. Je vais te les lui faire passer, moi, je te le dis, ces conneries à ce mocoso.

Tu ferais bien, dit le voisin. Avant qu'il

C'est à Lérima, répète le père, qu'on lui a fait gober ces salades : supprimer l'argent, collectiviser les terres, partager le pain, tous ces délires. C'est à croire qu'on l'a drogué.

Le pire, lui dit le voisin, c'est que ton fils et ses amis disent à qui veut l'entendre qu'ils vont faire la révolution dans le village.

Quel imbécile ! s'exclame le père. Je vais te lui mettre une de ces raclées !

Pour couronner le tout, le voisin lui apprend que le curé de D., la bourgade voisine, a été retrouvé dans une oliveraie le crâne fracassé à coups de bêche, et qu'on a découvert le bedeau de M. le corps en bouillie et un crucifix enfoncé dans le cul. Et qui a fait le coup ? Ces voyous de la CNT !

Quelle honte ! dit le père. Je vais te lui en foutre une !

Et il se sent si accablé par ce qu'il vient d'apprendre qu'il se rend directement au café tenu par Bendición et par son gros mari. Il va jouer une petite partie de dominos et s'envoyer une anisette, ou deux, ou trois, ou quatre, ou dix s'il le faut, il a un sacré besoin de se requinquer, et le café de Bendición est, dans le village, le seul lieu de requinquement digne de ce nom. Après l'amicale des chasseurs.

44

Il est 10 heures du soir lorsque le père rentre chez lui, dûment remonté.

Il gravit lourdement les escaliers, titube jusqu'à la table et tombe sur sa chaise où il finit par se stabiliser.

C'est le signal que son épouse et ses enfants attendent pour s'asseoir à leur tour.

La mère apporte la soupe. Le père est servi en premier, José en second, Montse en troisième et la mère en dernier suivant un ordre immuable.

Le père pue l'alcool.

Il est sujet aux cuites.

Les cuites sont l'unique moment où les paroles lui viennent.

Et ses paroles, ce soir, bien que pâteuses, ralenties, mal articulées et comme concaténées sont terriblement solennelles.

Après avoir tracé la croix sur le pain à la pointe du couteau, il se lève et déclare, en tentant de se tenir droit et sans regarder personne, qu'il ne tolérera pas que quiconque compromette l'honneur de son nom par les idées irresponsables de la (il cherche un instant à faire remonter du puits de sa mémoire l'appellation dangereuse) de la CNT. Avis à la population, ajoute-t-il, en regrettant aussitôt cette apostrophe qui ne cadre pas avec le contexte tragique de la scène.

Puis, le regard lourd fixé sur la soupière et faisant

un effort visible pour concentrer son esprit, il avertit qu'il ne laissera personne au monde lui prendre le peu de terres qu'il possède pour les donner à des feignants et à des incapables. Il frappe du poing sur la table, Y aquí mando yo !

La mère prend son visage de drame.

Montse s'arrête de respirer.

Quant à José, le teint soudain pâle, le menton légèrement tremblant, il articule lentement ceci que Montse n'oubliera jamais : Je ne vous ai jamais manqué de respect (José et Montse voussoient leurs parents) mais aujourd'hui je vous demande d'en avoir pour moi.

C'est la première fois de sa vie que José tient tête à son père, la première fois qu'il défie son autorité.

Santísimo Jesús, murmure la mère, le visage terrifié.

Montse éprouve tout d'un coup une joie irrépressible qu'elle ne sait comment dissimuler.

Le père, un instant désarçonné, répète d'une voix forte Aquí mando yo ! Et désignant la porte Y a quien no le guste, fuera !

Il se rassied brutalement pour ne pas mettre davantage en péril son équilibre, et ajoute avec majesté : Yo la revolución me la pongo en el culo.

Puis il se tait, son cerveau embrumé se refusant à lui souffler d'autres paroles de circonstance.

José se lève en repoussant violemment sa chaise.

Le père demeure scotché à la table que son ivresse

empêche de quitter et actionne d'un geste approximatif sa cuiller emplie de soupe, laquelle atteint son but après de dangereuses oscillations.

Montse et sa mère terminent le repas, le cœur battant à tout rompre et sans prononcer une parole.

Je le hais ce facha, dit José à Montse, dès qu'elle l'a rejoint dans la cuisine.

Montse éclate de rire. Les colères de José, depuis quelques jours, lui font un bien immense, elle ne saurait dire pourquoi.

S'il pouvait crever, dit-il.

Dis pas ça, dit Montse.

Je vais foutre le camp, dit-il, quitter ce trou à rats.

Si tu pars, papa va te tuer, dit Montse.

Ce nazi, dit José.

Et Montse à nouveau éclate de rire.

Le lendemain matin, José, qui a retrouvé sa bonne humeur,

Vous aimez Jésus, maman ?

Quelle question ! (La mère est occupée à pétrir le pain.)

Est-ce qu'on vous a dit au catéchisme qu'il était anarchiste ? (Il a du plaisir à la taquiner.)

Assieds-toi comme il faut, tu vas casser la chaise, lui commande la mère.

Qu'il a dit par exemple Vous ne pouvez servir Dieu et l'argent ?

La chaise ! répète la mère.

C'est typiquement un slogan anarchiste.

Tu vas finir par me la casser !

Est-ce qu'on vous a dit que Jésus était partisan de la mise en commun des richesses et de leur juste distribution ?

Sainte Vierge ! s'écrie la mère, ne dis pas de bêtises !

Montse éclate d'un rire jeune.

La mère jette les yeux tour à tour sur José et Montse pour demander l'explication de paroles et de comportements aussi choquants.

Et toi aussi tu t'y mets ! s'indigne la mère en regardant Montse. Mais qu'est-ce que j'ai fait au bon Dieu ?

José, pour convaincre sa mère, va chercher la Bible à la tranche vert chou dans la chambre des parents.

Il lit à voix haute : *Actes des Apôtres. Actes 3. Vie de la première communauté chrétienne. 44 – Tous ceux qui étaient devenus croyants étaient unis et mettaient tout en commun. 45 – Ils vendaient leurs propriétés et leurs biens pour en partager le prix entre tous, selon les besoins de chacun.*

José triomphant,

Alors ?

La mère, troublée,

Des bêtises.

48

Mais c'est écrit en toutes lettres dans la Bible ! s'écrie José. C'est écrit, coño, lisez-le.

Des bêtises, maintient la mère, le visage fermé.

C'est de l'Histoire sainte et vous dites que ce sont des bêtises !

José ! crie la mère sur le ton exaspéré de qui ne peut supporter davantage des paroles de blasphème.

Voilà comment sont les cathos ! dit José radieux en se tournant vers Montse. Mais on va être plus cathos que les cathos, on va créer une commune libre qui prendra le contrôle de l'ancienne propriété bourgeoise, j'en sens l'obligation divine, dit-il, feignant l'air inspiré de sainte Thérèse de l'Enfant-Jésus.

Seigneur de nous, soupire la mère, qu'est-ce qu'il me faut entendre !

Ça s'appelle la révolution, répond José, joyeux.

Tu me rends folle, dit la mère.

Fiche-lui la paix, plaide Montse, tu vois pas que tu lui fais peur ?

Si on t'entend, on va te mettre en prison, gémit la mère qui ne comprend rien aux idées naissantes qui bouleversent son fils et pour qui les acronymes tels que CNT ou FAI désignent des choses abstruses et dangereuses qui amènent les hommes à se battre entre eux, y nada más.

José éclate de rire.

Montse rit aussi.

Montse ne sait dire pourquoi, mais tout ce que dit
son frère depuis son retour de Lérima, qui fâche son
père et inquiète sa mère, la met en joie.

Montse, comme son frère, ignore à ce moment-là les
crimes dont Bernanos est à Palma le témoin épouvanté.
Car Bernanos ne peut plus fermer les yeux sur l'évidence. Et la sympathie qu'il portait à l'ancienne
Phalange (celle de Primo de Rivera qu'il refuse de
confondre avec la Phalange de 36, laquelle s'est laissée manœuvrer par quelques généraux « semeurs de
forfaitures »), cette ancienne Phalange qui professait
avant-guerre le même mépris envers l'armée traître au
roi qu'envers le clergé « expert en marchandages et en
maquignonnages » et à laquelle son fils Yves a adhéré
dans l'enthousiasme, sa sympathie, disais-je, ne peut
le soustraire à ce constat : l'épuration entreprise par
les nationaux avec la bénédiction immonde du clergé
est aveugle, systématique, et relève de la Terreur.
Il hésite encore à le dire.
Il hésite encore à franchir le pas.
Il sait que celui-ci franchi, il devra aller jusqu'au
bout, vaille que vaille. Et ce projet lui harasse l'âme.
Mais les faits sont là : on ne comptait pas cinq cents
phalangistes à Palma avant le pronunciamiento, ils
sont à présent « quinze mille grâce au recrutement
éhonté organisé par les militaires » sous la direction

d'un aventurier italien du nom de Rossi, lequel a fait de la Phalange « la police auxiliaire de l'armée chargée des basses besognes ».

Et cette nouvelle Phalange de 36 terrorise le peuple palmesan. Exemple. Quelques jours après le coup d'État, deux cents habitants de la petite ville de Manacor sont jugés suspects, « tirés de leur lit en pleine nuit, conduits par fournées au cimetière, abattus d'une balle dans la tête, et brûlés en tas un peu plus loin ». L'évêque-archevêque de Palma a délégué là-bas l'un de ses prêtres en jupons qui, ses gros souliers pataugeant dans le sang, distribue les absolutions entre deux décharges, puis trace sur le front des morts à l'huile consacrée la croix qui leur ouvrira les portes du Ciel. Et Bernanos de noter : « J'observe simplement que ce massacre de misérables sans défense ne tira pas un mot de blâme, ni même la plus inoffensive réserve des autorités ecclésiastiques qui se contentèrent d'organiser des processions d'actions de grâce. »

Le 23 juillet 1936, José se rend à l'assemblée générale qui se tient à l'Ayuntamiento. Il se sent d'attaque. C'est le jour J de la révolution. C'est du sérieux. Auparavant, il est allé chercher son ami Juan qui habite tout en haut de la calle del Sepulcro, une rue en côte comme ça, dit ma mère en inclinant sa main,

un raidillon dis-je, tu inventes des mots maintenant ?
dit ma mère que ce mot amuse.

José et Juan se sont liés d'amitié à Lérima où, depuis
l'âge de quatorze ans, ils travaillent tous les étés
comme journaliers, accomplissant les mêmes besognes
que les adultes. C'est là, dans l'immense propriété de
don Tenorio, qu'ils ont découvert les idées libertaires
et participé, dans une ferveur indescriptible, à la
formation d'une commune agricole.

Ils ont tous deux dix-huit ans.

Ils sont nés tous deux dans un village où les choses
infiniment se répètent à l'identique, les riches dans
leur faste, les pauvres sous leur faix ; un village autar-
cique et étroit où l'autorité des anciens est aussi
intouchable que la fortune des Burgos, où la destinée
de chacun est notifiée dès sa naissance, et où rien
jamais n'arrive qui lève un peu d'espoir, un peu de
souffle, un peu de vie.

Ils ont tous deux grandi dans un endroit écarté du
monde, parcouru seulement par des ânes mélanco-
liques et les deux automobiles que compte le village :
la camionnette déglinguée du père de Juan qui va
vendre les légumes à la ville et la Hispano-Suiza de
don Jaime ; un trou perdu où ni la télévision, ni le
tracteur, ni la motocyclette n'ont encore fait leur
apparition, qui ne dispose même pas d'un bureau
de poste, où le premier docteur se trouve à trente

kilomètres, et où l'on guérit les brûlures par des marmonnements et les autres maladies par l'huile de ricin ou le bicarbonate de soude.

Tous deux ont travaillé dans un monde lent, lent, lent comme le pas des mules, un monde où l'on cueille les olives à la main, où l'on pousse l'araire à la force des bras, et où l'on va remplir la cruche à la fontaine.

Tous deux se sont heurtés à l'autorité de leurs pères, sévères par tradition, adeptes par tradition de l'éducation filiale à coups de ceinturon, convaincus par tradition que les choses doivent rester à tout jamais ce qu'elles sont, et fermés par tradition au dialogue père-fils, les paroles paternelles opérant selon la logique implacable du « c'est comme ça et pas autrement », l'unique qu'ils connaissent et qu'ils estiment juste.

Et brusquement, à Lérima, tous deux découvrent des thèses qui s'opposent furieusement à cette vision immuable qu'ils pensaient être la seule concevable.

Ils apprennent que les choses peuvent se chambouler, se défaire, se foutre en l'air. Que l'on peut refuser, sans que le monde croule, les discours coutumiers. Que l'on peut dire non aux cuistres, aux arrogants, aux tyranniques, aux serviles, aux pleutres. Et tout balayer, putain, tout balayer, balayer toute cette misère qu'ils exècrent.

Et leur vitalité naturelle est attirée par cette vague

houleuse qui fiche tout par terre et fait reverdir leurs désirs.

Ils se laissent emporter par sa crue.

Ils rêvent d'actes séditieux, d'insolences grandioses, de choses immenses et inconnues qui s'étendront au-delà de leur vie et marqueront l'Histoire. Ils croient à une révolution complète des esprits et des cœurs. Ils croient à cet enchantement.

Ils disent qu'ils savent à présent où mettre leur courage.

Ils disent qu'ils ne supporteront plus de laisser leurs désirs à la porte d'eux-mêmes, como un paraguas en un pasillo. Que leur père se foute bien ça dans le crâne ! Finies les peurs et les abdications !

¡QUEREMOS VIVIR !

Il y a foule dans la grande salle de l'Ayuntamiento, plus encore que pour les fêtes de la Semaine sainte. Presque tous les hommes du village ont quitté les champs avant l'heure, et certains, pour honorer ce premier jour de la révolution, ont revêtu leurs habits du dimanche. Parmi les paysans présents, quelques-uns sont, comme le père de José, propriétaires de petites parcelles, la plupart louent leur terre à don Jaime Burgos, et les plus pauvres y travaillent comme journaliers.

José et Juan fendent résolument la foule à coups de

coude et de Con permiso, et parviennent à se hisser sur l'estrade.

José prend la parole.

C'est la première fois de sa vie.

Il dit les grandes phrases bibliques qu'il a entendues à Lérima et qu'il a lues dans le journal *Solidaridad obrera*.

Il dit Soyons frères, partageons le pain, mettons en commun nos forces, créons une commune.

Et tous y mordent.

Il est théâtral. Romantique à mourir. Un ángel moreno caído del cielo.

Il dit Nous ne voulons plus de la putasserie des possédants qui nous font une vie de misère et empochent l'argent de nos sueurs. Nous avons des forces qu'ils ne peuvent pas connaître. Le moment est venu de les mobiliser. Aujourd'hui nous voulons vivre autrement. Et c'est possible. C'est devenu possible. Nous voulons vivre de telle sorte que personne ne marche sur personne, que personne ne crache sur personne, que personne ne dise à personne Tu as l'air bien modeste dans le dessein de l'amoindrir et de mieux l'entuber (ma mère : j'en avais la peau de poule). Et nous ne nous calmerons pas avec quelques os et quelques caresses. Se acabó la miseria. La revolución no dejará nada como antes. Nuestra sensibilidad se mudará también. Vamos a dejar de ser niños. Y de creer a ciegas todo lo que se nos manda.

Tonnerre d'applaudissements.

À Lérima où nous sommes partis en mai travailler pour des cabrones, les cabrones l'ont senti passer (rires). On a tout foutu en l'air, on a dit merde aux exploiteurs et on a fondé une commune libre. Nous pouvons faire ici la même chose. Qui nous en empêche ?

Les paysans sont transportés.

José se fait plus offensif. On vous prend ce qui vous appartient de droit par votre travail. C'est injuste. Tout le monde sait que c'est injuste.

Acclamations.

Est-ce digne d'un homme de travailler comme une bête pour quelques pesetas ? Ne peut-on inventer une autre vie ? Ne peut-on abandonner cet esprit qui veut que nous souhaitons que nos olives soient plus grosses que celles du voisin ?

Éclat de rire général.

Aux grands moments les grands moyens, dit-il, comme il l'a entendu dire à Lérima : Reprenons les terres qu'on nous a volées, collectivisons-les et répartissons-les.

La proposition est acclamée dans le délire.

Un paysan lève le doigt et demande avec une crédulité feinte :

À quand la collectivisation des femmes ?

Nouveaux éclats de rire.

L'esprit est à la joie.

Seul le petit groupe formé par le père de José et

quelques-uns de ses amis petits propriétaires, et le groupe formé par Diego et ses deux camarades communistes ne semblent pas partager l'euphorie générale. Diego a le sourire narquois de ceux qui entrevoient avant les autres l'échec à venir.

Il se décide à parler.

Il annonce qu'il prend la parole au nom de ceux qui habitent un pays réel, y no en las nubes, pas dans les nuages.

Il dit que la décision de collectiviser les terres est trop hâtive, et graves les conséquences qui pourraient en découler.

Il dit Mollo, il dit Prudence, il dit Ordre Public, il dit Réalisme, il dit Attendre, il dit

Mais la rousseur de ses cheveux, son teint blanc, ses épaules frêles et la froideur de ses propos manquent singulièrement d'attrait, et presque personne, à ce moment-là, ne l'écoute.

Avant qu'il n'ait pu développer ses arguments, mais de quoi il se mêle ce connard ?, José reprend la parole avec véhémence. Il propose non seulement de confisquer leurs terres aux plus nantis, mais de brûler tous les registres cadastraux et tous les titres de propriété pour en faire un grand feu, qui est pour ?

Une forêt de bras se lève.

Motion acceptée.

Les titres de propriété seront brûlés le 27 sur la place de l'Église.

On applaudit. On exulte. On s'entrefélicite. Les plus taciturnes s'enflamment. Les moins favorables aux idées de José, mais qui ont perçu très vite d'où soufflait le vent, se convertissent sur-le-champ et se mettent à parler plus fort et avec plus de chaleur que les autres.

La chose qui reste à discuter est la suivante, conclut José, dès que le calme est revenu : faut-il répartir les terres en lots égaux ou en fonction du nombre de bouches à nourrir ?

Une prochaine réunion est prévue dans six jours pour trancher la question.

Le lendemain, tout le village est en effervescence. On accroche des drapeaux rouge et noir aux fenêtres, on se gargarise de slogans, on s'enfièvre, on crie, on gesticule, on s'époustoufle, on se jette sur les rares numéros de *Solidaridad obrera* qui parviennent jusqu'au village, et on s'abreuve de phrases au lyrisme torrentiel, *La gran epopeya del proletariado ibérico, La marcha triunfal de los milicianos del pueblo, La palpitación histórica que resuena en todos los pechos y la magnífica unión de los camaradas de lucha tan sublime y esperanzadora...*

Deux jours après, l'enthousiasme lentement s'affaisse. On se calme. On médite. On revient, pendant la partie de dominos, sur les emballements irréfléchis d'hier et la joie puérile qui s'est emparée des esprits. Bref, on se ressaisit. Et bien que nul n'ose se déclarer ouvertement hostile aux mesures proposées par José, une résistance silencieuse ou à peine avouée commence à se faire jour.

Macario, le cordonnier, de tous le plus récalcitrant, regrette, double-six, que les décisions aient été votées dans la précipitation : demasiado adelantadas !

Diego, le fils de don Jaime, qui est accoudé au bar, se range à cet avis.

Tiens, il parle le rouquin ? Il a une langue ? Ça alors ! Qu'est-ce qu'il raconte le fils Burgos ? Clin d'œil sympathique du coiffeur à la cantonade.

Il raconte, dit Diego qui a accueilli d'un sourire ces remarques sur sa personne, il raconte qu'il faut garder la tête froide, il raconte qu'imposer la collectivisation est une connerie sans nom, et que jouer les héros anarchistes du genre on fout tout en l'air et on vous emmerde, c'est se priver de l'appui de l'Europe qui fait dans son froc à l'idée d'une révolution.

Parce que tu crois peut-être que l'Europe va nous aider juste pour nos beaux yeux ? demande Manuel (un cénétiste de la bande à José), parce que tu crois

59

qu'elle est assez conne l'Europe pour venir se faire trouer la paillasse pour nos putains de belles gueules ? Je dis simplement, répond Diego froidement, qu'il faut pas lui foutre davantage la trouille avec des bakounineries à la con. Pas la peine.
Il a pas tort le petit, dit Macario. Il en a dans la tête, le zigue. Pour son âge.

Trois jours après, totalement dégrisés et rancuneux d'avoir cédé à leur ivresse, les paysans laissent filtrer leurs doutes et leurs croissantes inquiétudes. Et au café de Bendición la dialectique s'enflamme, tant et si bien que les hommes, devant leurs rangées de dominos, n'ont plus du tout la tête au jeu. Déclamations, controverses, je pioche, objurgations, obscénités, conjectures effarées, je passe, développements socratiques, envolées cervantesques, double-quatre, tirades passionnées contre les exploiteurs, considérations atténuatives, c'est à toi, moqueries sceptiques, il se la touche ou quoi, propositions et contre-propositions se succèdent ou s'interpénètrent, rythmées de coño éternués toutes les deux phrases et, pour renforcer les propos, de Me cago en Dios ou Me cago en tu puta madre, souvent réduits pour plus d'efficace en un Me cago en, tout court.
Deux constats ressortent de ces tumultueux débats :
1 – ceux-là mêmes qui ont voté fiévreusement la

décision s'inquiètent à présent fiévreusement de ses conséquences,
2 – le nombre des adversaires à la collectivisation, en phase constamment ascensionnelle, passe en une seule journée de dix à trente.

Quatre jours plus tard, les langues les plus molles, revigorées par l'ambiance électrique, se chargent de mots durs.
Tous ou presque réclament à présent l'ordre, la discipline, et une main ferme nom de Dieu de nom de Dieu.
Ils sont, bien entendu, favorables à la révolution, qui en douterait ?, mais ils se méfient des instigateurs de désordres qui importent des idées fumeuses conçues par quelques Orientaux à l'esprit pervers.
Ils disent que ce sont les voyous qui pullulent dans les villes qui s'en sont emparés les premiers.
Ils disent que José, à Lérima, a frayé avec eux, no me extraña.
Qu'il fait le désespoir de son pauvre papa.
Que c'est un original.
Un illuminé.
Qu'il croit à la félicité universelle.
Quelle horreur !
Qu'il croit que dans ces fameuses communes, les hommes deviendront bons, loyaux, honnêtes, géné-

reux, intelligents, reconnaissants, courageux, calmes, bienv

Et quoi encore ! (rires)

Que tous les conflits s'évanouiront comme par miracle.

Qué aburrimiento ! (rires)

Qu'on ne branlera plus rien, et que ce sera tous les jours dimanche !

Oh non ! Pitié ! S'emmerder à mourir sept jours sur sept en attendant de crever !

Que les morts ressusciteront (rires) et mille autres prodiges semblables (rires).

Que José et sa clique sont des adeptes du divorce.

Madre mía !

Et de la polygamie !

De la polyquoi ?

Du droit de baiser avec dix putes à la fois.

Nada menos.

Que ces communes enchanteresses dans lesquelles régnera l'amour libre entre des êtres purs comme la rosée du matin ne sont en vérité que des délires d'obsédés sexuels qui ont le feu au cul et rien d'autre (on revient souvent sur les choses du sexe, la question taraude, extrêmement).

Que d'ailleurs, question cul, José est un tío especial : on ne lui connaît pas de novia, c'est bizarre, serait-il pédé ?

Bref, on allègue cent raisons, des plus spécieuses

aux plus absurdes, à seule fin de se dédire. Avant de sortir l'argument massif que voici : Qui est assez con pour croire qu'on puisse se passer d'un chef à grosses couilles sans courir le risque de s'entretuer ? Qui plus est : sans l'argent et le pouvoir pour distinguer les importants des autres ?

Et toutes ces réticences aux idées de José, exprimées ouvertement, cela les soude, comme les avait soudés, quelques jours plus tôt, l'idée de la révolution.

Quatre jours après, les réticences à demi dites s'expriment à gorge déployée.

Le cinquième, tous ou presque ont renoncé.

Le sixième, jour de la deuxième assemblée, la salle est comble car il s'agit de ratifier la reculade.

Pour la première fois et à la stupeur de quelques-uns, les femmes se sont invitées à la fête, les unes fulminantes, d'autres par les disputes alléchées, la plupart redoutant que l'époux ne s'engoue de chimères, et les plus pauvres, les plus mal loties, les plus malheureuses, voulant avoir dans cette affaire leur mot à dire, et ce mot est : Arrêtez !

C'est le propre père de José et Montse qui s'essaie le premier à exprimer son désaccord avec les décisions prises une semaine auparavant, au risque, dit-il en riant, d'être fusillé par son fils (rires dans la salle). Il dit qu'il a trimé toute sa vie pour faire fructifier sa terre, qu'il y tient comme à la prunelle de ses yeux, et qu'il lui semble raisonnable d'attendre que la guerre soit gagnée avant d'envisager des mesures plus, disons moins, enfin moins extrêmes (murmures d'approbation).

Puis c'est au tour de Diego de prendre la parole.

Il a le ton abrupt, sévère, et le sérieux d'un ministre. Il veut montrer qu'il a de la trempe. Il veut montrer qu'il est un hombre con huevos : paroles rudes, maîtrise des émotions et propos mesurés pour mieux marquer sa différence avec les excités en rouge et noir.

Lui n'est pas favorable aux projets démagogiques et au folklore révolutionnaire. Tout le blabla romantico-pubertaire (expression lue dans *El Mundo Obrero*, son magasin d'idées), les grandes phrases pompeuses qui ne sont qu'un miroir aux alouettes libertaires (expression lue dans *El Mundo Obrero*), les fabulations fumeuses qui en font accroire aux naïfs en faisant miroiter des mensonges à paillettes (expression lue dans *El Mundo Obrero*), les promesses mirobolantes et sans cesse ajournées des marchands d'illusions, il s'en méfie comme de la peste.

Tous ces verbiages sans rapport avec la réalité risquent d'entraîner le village vers un desmadre (le mot, intraduisible, fait beaucoup d'effet sur la population paysanne). Il faut y mettre le holà. Ce ne sont que projets aventureux qui flattent l'espoir sur l'instant, mais finissent en désastre.

Por un provecho mil daños, pour un bien mille maux, assure-t-il avec cet air de gravité qui impressionne et dans une sorte d'enthousiasme froid.

Voici qui est raisonné.

Les paysans hochent la tête.

Lui entend se porter au-devant des besoins du peuple (j'ai le sentiment d'entendre nos, dis-je. Ce sont les mêmes crapules, dit ma mère). Et pour cela, garder les pieds sur terre, être réaliste (le mot réaliste fait aussi forte impression), refroidir le prurit d'idéal, faire preuve de maturité politique, por Dios. Toute la rhétorique de la pétoche, murmure José, frémissant de colère.

Diego a constaté qu'il régnait depuis quelques jours dans le village un désordre regrettable, et pour tout dire une chienlit, mais lui, au lieu d'enchérir comme certains le font (putain, je vais lui péter la gueule, murmure José), lui, préconise d'y remédier. De l'ordre. De la rigueur. Et de la discipline. Sans eux, rien de possible.

Applaudissements fournis.

José, furieux et décontenancé, décide alors de se faire entendre. En s'efforçant de dissimuler son désarroi et de contenir les battements de son cœur, il lance les grands mots magiques Commune, Justice, Liberté, les grands mots qui bouleversent et qui ferrent les cœurs aux premiers jours d'une révolte mais se galvaudent vite dès lors qu'on en abuse. Et c'est ce qu'il advient. Ces mots ne brillent plus et ne déclenchent plus la ferveur des débuts. José a ébloui les jours passés par ses paroles magnifiques, aujourd'hui c'est Diego qui impressionne par un bon sens dont peu le soupçonnaient (el tiempo hace y deshace, un tal gusta un día y disgusta otro día, hay que acostumbrarse, commente ma mère qui parle quelquefois comme un publicitaire).

Diego plaît d'autant plus qu'il vient d'énoncer cette chose si merveilleusement raisonnable : que ceux qui veulent collectiviser collectivisent et que ceux qui préfèrent continuer comme avant continuent comme avant. Voilà qui devrait contenter tout le monde. Cela s'appelle le sens politique. Une collectivisation totale, dit-il, est prématurée, voire dangereuse. Quant à brûler les actes de propriété, il serait sage d'en surseoir la décision.

Mais pourquoi attendre ? s'emporte José qui brûle d'impatience.

Diego affirme sur un ton d'autorité qu'il faut d'abord gagner la guerre avant de faire la révolution. Toute autre décision, dit-il, serait irresponsable et mettrait en péril la tranquillité de tous.

Ça c'est parler !

Les paysans l'approuvent à la quasi-unanimité.

Et la réunion s'achève sur cette décision validée par la majorité : c'est Diego qui prendra désormais les dispositions nécessaires pour que les décisions prises en assemblée soient appliquées et respectées. Il installera son Q.G. à la mairie, ce qui, dans ce moment d'adversité, représentera une sécurité pour la population. Il assurera le strict maintien de l'ordre après l'agitation des jours précédents, et la répression de tous les actes irrespectueux des décrets adoptés à la majorité.

C'est, pour Diego, le grand moment de sa vie. Sa revanche. Il voit enfin exaucé le projet secret que, pendant des mois, pendant des années, il a passionnément ambitionné : en remontrer d'abord à José et à ses amis, ensuite aux jeunes bécasses qui se poussent du coude en pouffant à sa vue, et enfin à ces rustres qui l'ont tenu à l'écart durant douze années et qui ont dit tout bas durant douze années qu'il était un zorro, astuto como un zorro, malo como un zorro y falso como un zorro.

José, lui, déconfit et quelque peu blessé dans son orgueil, se dit DEMAIN N'EST PAS ENCORE.

Ce même jour où José rentre chez lui désemparé par le tour qu'ont pris les événements de son village, Bernanos voit passer sur la Rambla de Palma un camion chargé de prisonniers aux visages sombres, et cette vision de malheur que les passants ne semblent pas apercevoir, qui ne provoque en eux nulle révolte, qui ne provoque en eux nulle protestation, qui ne provoque en eux nul geste de pitié, cette vision de malheur lui étreint la poitrine.

Il ne peut plus ignorer ce que son honneur de catholique se refusait jusqu'ici à admettre, mais qui s'étale à présent au grand jour. Car ce que ses yeux voient emporte la balance : des hommes sont raflés chaque soir dans des hameaux perdus, à l'heure où ils rentrent des champs. Des hommes qui n'ont tué ni blessé personne, dit Bernanos. Des hommes qu'il voit mourir avec une dignité et un courage qu'il admire. Des paysans honrados, semblables à ceux que nous connûmes dans l'enfance. Des paysans qui viennent d'obtenir légalement leur république et qui en sont heureux, tel est leur crime.

C'est le déclin du jour. L'air est plus frais sur la route qui conduit au village. Un paysan rentre chez lui, sa besace à l'épaule qui contient la gourde et le quignon de pain. Il est fatigué. Il a faim. Il a hâte d'arriver dans sa maison et de s'asseoir. Il a gaulé tout le jour les amandiers de don Fernando, un gros propriétaire terrien qui l'emploie pour une saison. L'épouse a disposé les écuelles sur la table, et au centre : le pain, le vin et la soupe chaude. Elle allume la lampe à huile et s'assied en attendant son mari dont la présence, aux approches de la nuit, la rassure contre les ombres noires qui s'allongent lentement sur le sol. Elle entend son pas familier qu'elle reconnaît entre mille autres. Mais avant même que son mari n'ait eu le temps de s'asseoir, une équipe d'épurateurs, dont certains n'ont pas seize ans, surgit dans la maison, et le fait monter à l'arrière d'un camion. C'est le dernier voyage. Le dernier paseo (la dernière promenade, c'est ainsi que l'on dit).

Parfois les équipes d'épuration opèrent en pleine nuit. Des hommes frappent à coups de crosse à la porte du suspect, ou s'introduisent chez lui munis de passes. Ils se précipitent dans le salon endormi, fouillent avec des gestes hystériques les tiroirs de la commode, pénètrent d'un coup de pied dans la chambre conjugale et intiment à l'homme, réveillé en sursaut, l'ordre de les suivre pour une vérification. L'homme, qui essaie tant bien que mal de s'habiller, est poussé vers la sortie, ses bretelles dépassant sous les pans de sa chemise, et arraché des bras de sa femme qui pleure, Tu diras aux enfants que je. À coups de crosse dans le dos, on le fait grimper à l'arrière d'un camion où d'autres hommes, silencieux, sont assis tête baissée, les mains allongées sur leurs pantalons de coutil. Le camion s'ébranle. Quelques instants d'espoir. Puis le camion quitte la route pour s'engager sur un chemin de terre. On fait descendre les hommes. On les aligne. On les abat.

Pendant des mois, écrit Bernanos, « des équipes de tueurs, transportées de village en village par des camions réquisitionnés à cet effet, abattent froidement des milliers d'individus jugés suspects ». Et le très enfoiré archevêque de Palma, qui en est informé comme tout le monde, ne s'en montre pas moins, chaque fois qu'il le peut, et comme si de rien n'était, « aux côtés de ces exécuteurs dont quelques-uns ont notoirement sur les mains la brève agonie d'une centaine d'hommes ».

Comme si de rien n'était, des prêtres distribuent à leurs ouailles des images de la sainte Croix entourée de canons (ma mère en conserve une dans sa malle à photos).

Comme si de rien n'était, des recrues carlistes portant le Sacré-Cœur de Jésus cousu sur leur chemise abattent au nom du Christ Roi des hommes qu'un simple mot a déclarés suspects.

Comme si de rien n'était, l'épiscopat espagnol, vendu aux meurtriers, bénit la terreur que ces derniers instaurent *in nomine Domini*.

Et comme si de rien n'était, toute l'Europe catholique ferme sa gueule.

Devant cette hypocrisie immonde, Bernanos éprouve un dégoût innommable.
J'éprouve le même, des années après.

José est sorti sonné de la dernière assemblée qui s'est tenue dans son village et privé sur le moment de toute faculté de réagir.
Mais très vite, en descendant l'étroite calle del Sepulcro aux côtés de Juan, son esprit se reforme.
Il a cru, quel con je suis !, il a cru que ses belles idées ne pouvaient que gagner. Il a cru que les réticences qu'elles levaient seraient balayées d'un revers de la main. Il s'est figuré, je suis le roi des cons !, qu'être était plus qu'avoir (il a découvert dans un article de journal les notions d'être et d'avoir qui l'ont enthousiasmé). Il n'a pas mesuré, ça détruit mon moral, il n'a pas mesuré combien, pour ces bouseux, la peur de perdre leurs chèvres chieuses et leur maison miteuse Tu oublies, très important, leur concession au cimetière (Juan)
était plus forte que le désir de respirer les roses rouges de la révolution (ricanement railleur et triste).
C'est la première leçon qu'il tire. Et qui le navre.
Il est contraint de le constater, toutes les perspectives qui pourraient leur ouvrir l'esprit et l'horizon leur sont un gouffre. Ce qu'ils veulent c'est le plat, c'est le morne, c'est l'immuable. Ça le déprime.

Juan, un poil didactique, se lance alors dans une explication de cet immobilisme que José, tout à sa déception, n'écoute que distrait. J'ai le regret de t'apprendre, mon cher, que non seulement les paysans d'ici se plient à l'immuable mais qu'ils le chérissent considérablement, ils le chérissent comme ils chérissent le retour immuable des saisons, comme ils chérissent leurs oliviers immuables sur leurs collines immuables, comme ils chérissent les liens immuables qui les nouent à la famille Burgos devant laquelle immuablement ils se courbent,

Comme ils chérissent, c'est le pire, leurs préjugés immuables, dit José,

toute nouveauté, poursuit Juan, d'ordinaire peu loquace mais qui a le sentiment que faire des phrases l'apaise un peu, toute nouveauté pour favorable qu'elle leur soit leur apparaît comme un péché et une transgression dans cet ordre immobile qui préside à leur vie et (feignant un sérieux professoral), et un manquement grave à la loi de la conservation de l'énergie qui postule que l'énergie totale d'un système est invariante au cours du temps.

Si tu l'expliques scientifiquement, fait José, mi-consterné, mi-rieur.

Alors ils croupissent dans leur misère et se disent sensés, quand ils sont englués dans de vieilles rou-

72

tines, corsées par quelques lieux communs et quatre à cinq proverbes d'une bêtise solennelle.

Un tiens vaut mieux que deux tu l'auras, marmonne José d'une voix bébête.

Tu te demandes, mon vieux, pourquoi la révolte des Asturies de 1934 n'a pas suscité chez eux les mouvements qu'elle a levés ailleurs ? C'est parce que, j'en avance l'hypothèse, c'est parce que l'enthousiasme général qui a accueilli la proclamation de la République s'est transformé pour eux en cette conviction que ce nouveau régime ne changerait rien de rien à leur vie. Du reste, ils disent que le confort américain, ils s'en tamponnent le

Mais ce n'est pas du tout ce qu'on leur propose ! s'indigne José, et il se met soudain à marcher plus vite tandis que la colère aiguillonne son esprit.

Les deux passent à présent devant la grande maison des Burgos, et l'indignation de José se tourne alors contre Diego, ce fils de bourge qui a entortillé tout le monde.

Le rouquin va tout faire foirer. Je sens qu'il va tout faire foirer, cet enculé.

Tu as vu comme il les a endormis, comme il a bercé leur crédulité avec ces Attention, Calmons-nous, Mollo, On perd rien pour attendre, toute sa putain de fausse sagesse ! Quel fumier !

Bien fait pour la gueule de ces connards !

Ils sont tombés dans le panneau, tout rôtis.

Quelle bande d'abrutis !

Quels baudets !

Ne dis pas, por favor, du mal de nos baudets !

Ils ne comprennent que la trique, en politique comme en tout.

Avec le rouquin ils vont être servis !

Que le den por culo !

Ça me dégoûte.

Que ces gros cons aillent se faire voir.

Il faut se casser de ce trou.

Et c'est à cet instant précis que José forme le projet de quitter le village.

Il expose à son ami le plan qui vient de surgir en quelques secondes dans son esprit : ils vont partir pour la grande ville avec la camionnette du père de Juan, logeront quelques jours dans l'appartement des Oviedo où sa sœur Francisca travaille comme bonne, puis s'engageront dans la colonne Durruti pour reprendre Saragosse aux salopards de nationaux.

Dans sa dernière lettre, lue par Montse à ses parents (qui ne savent pas lire), sa sœur Francisca expliquait, non sans fierté, que ses dueños venaient de s'enfuir de la ville en lui laissant, tant ils avaient confiance en elle, les clés de leur appartement. Ses dueños étaient très riches. Monsieur était patron d'une usine de biscuits, et Madame, qui avait un nom à rallonge, descendait d'une branche de gratinés. Ils avaient eu tellement peur de la révolution, qu'après avoir caché leurs bijoux de famille sous des lames de parquet et réalisé quelques transferts bancaires en Suisse, ils s'étaient enfuis, des bagues en or plein les doigts et des montres en or plein les poignets, se réfugier dans la famille de Madame, à Burgos, tombée aux mains des franquistes.

Et l'avenir avait donné raison à la confiance que les dueños avaient mise en Francisca, puisque, aux premiers jours des émeutes, lorsque les miliciens avaient multiplié les descentes dans les appartements bourgeois et jeté tous les objets de prix à travers les fenêtres sous l'œil impavide de la guardia civil, l'aplomb de Francisca avait évité le saccage.

Francisca, campée sur le seuil de la porte, avait déclaré, la tête haute et les poings sur les hanches, qu'il faudrait lui passer sur le corps plutôt que de la contraindre à trahir la confiance de ses maîtres, lesquels étaient bons avec elle et n'avaient des fachas que le paraître. Et sa fermeté avait si fortement impressionné les quatre miliciens qu'ils s'étaient abstenus de forcer la porte, malgré leur désir de faire une razzia qui délicieusement les défoulerait et délicieusement les vengerait. Foutez-moi le camp, leur avait-elle lancé, alors qu'ils descendaient les escaliers.

Qu'en penses-tu ?
Formidable !

Le 29 juillet, José annonce à Montse qu'il a pris la décision ferme de quitter la maison. Avec la même candeur qui lui a fait espérer que son village pourrait devenir un jour une commune libre, il espère à présent que, dans la ville industrieuse, des hommes plus instruits, plus éclairés sur le plan politique, mieux rompus aux décisions collectives se montreront plus sensibles aux thèses libertaires qui ont mis le feu à son esprit.
Ici il étouffe.
Trop de ressentiments, trop de jalousies et trop de peurs se jouent sous le couvert de la politique.
Il veut fréquenter d'autres créatures que ces peigne-culs et leurs chèvres. Voir des femmes, bordel ! Monter sur des barricades ! Aller à la ville où tout se joue !
D'ailleurs son village lui fait horreur, les bondieuseries de sa mère avec son chapelet enroulé au poignet lui font horreur, les poules qui becquettent tout ce qu'ils chient lui font horreur, le despotisme de son père et son entêtement d'Aragonais lui font horreur, les parents qui spéculent sur le mariage de leurs filles à peine un homme les effleure lui font horreur, et ces connes qui veulent à tout prix rester vierges si bien qu'il n'y a pas d'autre moyen que de recourir

aux bons offices d'un âne pour se faire sucer la bite (Montse, incrédule et rieuse : quoi ! d'un âne ! c'est répugnant !), ces connes lui font horreur.

L'idée de mener toute une vie planté au même endroit, de faire les mêmes gestes que son père, de gauler les mêmes amandes avec la même gaule, de cueillir les mêmes olives sur les mêmes oliviers, de prendre la même cuite tous les dimanches chez la même Bendición, et de baiser (il le crie) avec la même femme jusqu'à sa mort, ça le déprime.

Mais où vas-tu vivre ?

Chez Francisca.

Mais avec quel argent ?

Je vais m'enrôler dans la milice et rejoindre le front de Saragosse avec Durruti. Tu veux venir ?

La proposition de José emplit Montse de fierté, qui se sent aussitôt hissée au rang de révolutionnaire en titre.

Il faut que tu sais, ma chérie, qu'en une seule semaine, j'avais aumenté mon patrimoine des mots : despotisme, domination, traîtres capitalistes, hypocrésie bourgeoise, cause prolétarienne, peuple saigné à blanc, explotation de l'homme par l'homme et quelques autres, j'avais apprendi les noms de Bakounine et de Proudhon, les paroles de *Hijos del Pueblo*, et le sens de CNT, FAI, POUM, PSOE, on dirait du Gainsbourg. Et moi qui étais une noix blanche, pourquoi tu te ris ?, moi qui ne connaissais rien à rien, moi qui n'étais jamais entrée dans le café de Bendición par interdiction paterne, moi qui croyais encore que les enfants naissaient par le derrière, moi qui ne savais même pas ce qu'était embrasser n'ayant jamais vu deux personnes le faire et pas de télévision pour m'instruire, moi qui savais encore moins comment se practiquait l'Acte (ma mère dit l'Acte pour l'acte sexuel), ni le 69, ni les pipes, ni rien, je suis devenue en une semaine une anarquiste de choc prête à abandonner ma famille sans le moindre remordiment et à piétiner sans pitié le corazón de mi mamá.

Montse accepte d'emblée la proposition de son frère.

Puis elle marque une hésitation,

Le père a-t-il donné son consentement ?

Son frère éclate de rire.

À dater de ce jour, nul être ne sera suspendu au bon-vouloir d'un autre, ni à celui des papas, ni à celui des mamans, ni à celui de nadie !

Montse tient cependant à prévenir sa mère, laquelle se met aussitôt à gémir, Dios mío ! rejoindre les sauvages ! quel malheur ! qu'ai-je fait au bon Dieu ?, etc. José marmonne entre ses dents que de toutes les oppressions qui existent, celle infligée par les mères est la pire de toutes. La plus universelle. La plus insidieuse. La plus efficace. La plus despotique. Et celle qui nous prépare lentement mais sûrement à encaisser toutes les autres.

Tu vas te taire ! lui ordonne la mère.

José obtempère en prenant l'air stoïque. Car José est au fond très soumis à sa maman.

Un matin doux de juillet, le 31 exactement, Montse grimpe à l'arrière de la camionnette aux côtés de Rosita, la fiancée de Juan, tandis que José et Juan s'installent à l'avant.

José s'en va sans arrepentiment (dit ma mère). Il n'a jamais pensé prender la direction du village, il ne galope pas derrière le pouvoir, et les vieux paysans s'équivoquent qui lui ont prêté l'intention de faire le cabot. À la différence de Diego, qui a, comme tu dirais, les dents longues, et dont les palabres et les actes semblent servir un gol secret, José est un cœur pur, ça existe ma chérie, ne te ris pas, José est un caballero, si j'ose dire, il aime régaler, est-ce que régaler est français ? Il s'est dédié à son rêve avec toute sa juventud et toute sa candeur, et il s'est lancé comme un cheval fou dans un plan qui ne voulait rien d'autre qu'un monde beau. Ne te ris pas, il y en avait beaucoup comme lui en l'époque, les circonstances le permittaient sans doute, et ce plan il l'a défendu sans calcul ni pensée-arrière, je le dis sans l'ombrage d'un doute.

Au moment des adieux, la mère, toute vêtue du noir qu'elle porte depuis la mort de son père vieille de dix-sept ans, la mère les embrasse comme si elle ne devait jamais plus les revoir. Que Dieu vous ait en sa sainte garde !

Elle a auparavant essayé de glisser autour du cou de José une chaînette en or portant la médaille de la Vierge, et José, gêné devant Juan, l'a repoussée d'un geste brusque. Elle a dit à Montse Fais attention en traversant les rues ! Elle a dit à José Surveille bien ta sœur ! Elle a dit à Rosita Ne faites pas les folles. Puis elle est restée plantée là, à faire des signes de la main, jusqu'à ce que la camionnette disparaisse derrière le dernier vallon, comme si elle tombait dans un gouffre. Et au moment précis où la camionnette a disparu, la mère a éclaté en sanglots et a couru se réfugier dans sa cuisine.

Montse a promis à sa mère qu'elle lui écrirait dès son arrivée. Elle se sent paisible. Heureuse et paisible. Elle a le sentiment heureux et paisible de partir en vacances en dépit de la guerre qui est dans tous les esprits. Mais en voyant la silhouette noire de sa mère diminuer dans le lointain jusqu'à devenir minuscule, elle a cette pensée qui l'attriste un instant : elle se dit que le père va l'accuser de les avoir laissés partir, et qu'il va la tyranniser inlassablement par des reproches ou quelques gifles (tout à fait courantes à l'époque, ma chérie), car la martyriser atténue ses tourments et délasse son corps fourbu ; elle se dit que la mère va se retrouver seule face au père qu'elle craint (chose tout aussi courante à l'époque, ma chérie) et ni José, ni elle, ne seront là pour s'interposer entre eux et recevoir les coups de ceinturon que le père destine à sa femme et à ses enfants et, au-delà d'eux, à tout ce qui l'épuise et qui l'oppresse, et qu'il oublie un peu en les frappant.

La camionnette descend en cahotant la route qui va vers la grande ville et, dans tous les villages qu'ils traversent, poings levés, ils sont accueillis par des cris de joie et des Viva la República !, Viva la Revolución !, Viva la Anarquía ! ou Viva la Libertad !

La mère de Montse croise dans l'après-midi doña Pura qui lui annonce la terrible nouvelle : le curé don Miguel s'est enfui dans la nuit pour ne pas être éventré par les bolcheviques sanguinaires.

Sainte Vierge ! La mère de Montse fait sur sa poitrine le signe de la croix. Qu'est-ce qu'on va devenir, Seigneur Dieu ?

C'est un désastre, murmure doña Pura, dans un soupir.

L'angoisse qui l'étreint est telle qu'elle lui a déclenché des douleurs perforantes dans la poitrine, ici (elle désigne un endroit au-dessous de son cœur), comme des piqûres, des pointes de feu qui la pénètrent.

Comme des dards ? demande la mère de Montse, façon de dire quelque chose (elle est trop abîmée dans ses pensées depuis le matin pour avoir les paroles idoines, trop occupée à contenir son chagrin et à refouler ses larmes).

Comme des bites, commente ma mère en explosant de rire.

Ce commentaire maternel nécessite quelques éclaircissements. Depuis que ma mère souffre de troubles mnésiques, elle éprouve un réel plaisir à prononcer les mots grossiers qu'elle s'est abstenue de formuler pendant plus de soixante-dix ans, manifestation fréquente chez ce type de patients, a expliqué son médecin, notamment chez des personnes qui reçurent dans leur jeunesse une éducation des plus strictes et pour lesquelles la maladie a permis d'ouvrir les portes blindées de la censure. Je ne sais si l'interprétation du médecin est exacte, le fait est que ma mère éprouve un réel plaisir à traiter son épicier de connard, ses filles (Lunita et moi) de culs serrés, sa kiné de salope et à proférer con couille putain et merde dès que l'occasion se présente. Elle qui s'était tant évertuée, depuis son arrivée en France, à corriger son accent espagnol, à parler un langage châtié et à soigner sa mise pour être toujours plus conforme à ce qu'elle pensait être le modèle français (se signalant par là même, dans sa trop stricte conformité, comme une

82

étrangère), elle envoie valser dans ses vieux jours les petites conventions, langagières et autres. À l'inverse de doña Pura, sœur aînée de don Jaime et tante de Diego qui, en vieillissant, ne fit que les resserrer, au nom du Père du Fils et du Saint-Esprit.

HAGIOGRAPHIE DE DOÑA PURA SURNOMMÉE SANTA PURA

Célibataire à cinquante ans, doña Pura avait déplacé les démangeaisons occasionnées par les pulsions qui tourmentaient sa chair sur les différents organes d'un corps irréprochablement chaste, et ses douleurs ne se dénombraient plus. Un jour son estomac la tiraillait (les radis du déjeuner lui étaient restés sur l'estomac), le lendemain sa tête était lourde (d'idées lugubres sur les ravages bolcheviques), le surlendemain c'étaient des élancements dans la région périnéale ou un ballonnement des plus inesthétiques (un lavement à l'eau salée s'imposait, qui la ferait aller).

Son corps entier protestait contre les censures violentes infligées par son âme, protestations qui s'exprimaient d'autant plus véhémentement qu'elles se heurtaient, il fallait bien le dire, à la plus égoïste, la plus cruelle et la plus unanime indifférence familiale.

Le plus révoltant pour elle, en effet, était que son frère don Jaime lui avait pour ainsi dire interdit de se plaindre journellement de douleurs qu'il avait osé qualifier d'imaginaires alors qu'elles n'étaient que le fruit d'une sensibilité à fleur de peau (à fleur de cul excuse l'humour, dit ma mère en explosant de rire). Quant à son neveu Diego, il avait prétendu, avec cette intolérance propre aux jeunes gens, que ses innombrables affections n'étaient qu'un moyen d'emmerder son monde et d'empoisonner l'ambiance familiale ya bastante podrida.

Doña Pura souffrait de jugements aussi partiaux et aussi peu miséricordieux face aux douleurs qui la ravageaient. Mais elle trouvait consolation dans la secrète certitude d'obtenir une récompense à ses souffrances dans une vie future auprès de Jésus-Christ et de son régiment d'anges roses. Car doña Pura, élevée entre une mère dévote et les sœurs de l'école du Sacré-Cœur, avait été trempée dès son plus jeune âge dans la religion catholique. Et les principes religieux, qui l'avaient profondément ennuyée lorsqu'elle était enfant, avaient pris, avec les événements de juillet, un caractère véritablement frénétique.

Doña Pura s'était mise à défendre, avec une fureur tout eucharistique, la Santa Guerra livrée par Franco, son Caudillo vénéré, son Génie absolu, son Sauveur envoyé par le Ciel, l'Artisan valeureux de la Nouvelle Espagne et le défenseur de causes grandioses au premier rang desquelles figuraient : 1. La lutte contre les impies, 2. L'extermination de la gangrène

84

démocratique, laquelle était de mèche avec deux égorgeurs notoires (dont la seule mention lui causait des céphalées exigeant illico une séance de fumigation) : Banikoun Bakinoun Bakounin, bref, un diable russe qui prônait le viol de la propriété et des personnes, et un malade mental appelé Staline, l'un et l'autre venant sauvagement piétiner les valeurs de la Hispanidad léguées par ses ancêtres et dont elle était la légitime et pure dépositaire, valeurs éternelles dont le socle, rappelons-le, était composé de :

1 – la piété chrétienne,

2 – l'amour de la nation,

3 – le très espagnolissime et toujours en vigueur machisme, ou syndrome de la barbe dure et de la grosse queue (dit ma mère), lequel s'exprimait selon les milieux et atmosphères à coups de gueule ou de torgnole, mais que doña Pura oubliait de mentionner, l'infortunée accumulant déjà dans son esprit bien trop de motifs de tourments.

Aux deux personnages infâmes précédemment cités, doña Pura avait adjoint le bandit anarchiste Durruti, dont la place n'était pas ailleurs qu'en taule, et le président Azaña, dont la laideur physique portait les stigmates de la dépravation de son esprit (à peine voyait-elle sa photo dans le journal qu'elle était prise de suffocations), un homme faible, indécis, malléable et qui voulait instaurer l'horreur égalitaire prônée par les soviets, autrement dit le vil rabaissement des êtres supérieurs au niveau des médiocres, et le malheur de tous. Comme si partager la vous m'avez compris, pouvait diminuer d'une quelconque façon la misère des hommes !

Récitant lors de la messe du dimanche ce qu'elle niait systématiquement dans ses actes (l'amour de son prochain et autres sublimités y afférentes), Mais qui n'est pas comme ça ? dis-je, Moi ! dit ma mère innocente, elle frémissait de haine devant le ramas de voleurs et de dépravés que constituaient dans le village les jeunes de la CNT, dont José était le champion.

Tu l'as comprendi ma chérie, me dit ma mère, doña Pura, dans sa rigidesse et sa rancœur de catholique offendée, était une Sainte Femme, assidue à toutes les messes, et dont le cœur saignait de voir une partie de l'Europe tomber dans le matérialisme, elle qui dédiquait tous ses efforts au perfectionnement de son âme par l'aplastement de tous les plaisirs et de toutes les voluptés terrestres. Tu dis que c'est une caricature ? Mais qu'est-ce que j'y peux si elle était pour de vrai une caricature !

Doña Pura était une Sainte Femme à l'air perpétuellement outragé, même lorsqu'elle était calme, mais toute Sainte qu'elle était, elle n'accordait sa christique miséricorde qu'à quelques âmes méritantes et au catholicisme patenté :

– en tout premier lieu : au curé don Miguel, notoirement certifié conforme et rédempteur assermenté,
auprès duquel elle déposait jusqu'à ce jour fatal (celui
de sa fuite) son ballot de douleurs physiques et morales
en échange d'une enveloppe renflée (ma mère : de
l'argent des autres), son crédit spirituel en quelque
sorte, une enveloppe destinée aux frais du culte qu'elle
glissait une fois par mois dans les mains potelées du
curé, lequel, les yeux baissés, murmurait d'une voix
pleine de miel Dieu vous le rendra, sans préciser,
dans ce vague propre aux formules religieuses, sous
quelles formes se ferait le rendu,
– et en second lieu : à quelques égreneuses de rosaires
trop faibles pour s'en défendre (de sa miséricorde),
parmi lesquelles la mère de Montse, qui était bien
à plaindre, avec le fils qu'elle a ! et une dizaine de
dévotes pour lesquelles elle collectait, en récompense
de leur piété (dont elle n'était jamais tout à fait sûre,
les gens sont si sournois), des aumônes en nature
sous forme de fringues usagées (Montse en savait
quelque chose, qui bénéficiait contre son gré des
robes défraîchies dont doña Pura lui faisait don).
Car doña Pura aimait à soulager la misère des pauvres,
activité qui constituait une excellente diversion, je
dirais même un dérivatif puissant à ses perfides autant
qu'innombrables indispositions, innombrables tant
dans leur expression que dans la nature des organes

affectés, avec une prédominance nette des organes
sis dans la sphère génito-urinaire.

Privée de mari, d'enfant et de métier, elle se livrait
également, aux fins de les combattre (ses indispositions), à des croisades d'ordre domestique qui étaient
dotées d'une véritable fonction purgative : contrôle
drastique du rangement des casseroles et des cou-
vercles afférents selon un ordre strict, observation
méticuleuse de l'argenterie et nettoyage consécutif
au vinaigre blanc, discussions exaltées avec son frère
sur le choix de la couleur du papier peint destiné au
vestibule qu'elle voulait sang et or, aux couleurs du
drapeau national si beau, si symbolique, si espagnol,
et décoré tant qu'on y est des verges en faisceaux et
du portrait grandeur nature de Mussolini, ajoutait
son frère ironique, haussement d'épaules indigné de
la sœur, autant de missions qui servaient d'émonc-
toire à ses prurits intimes et à ses ardeurs libidinales
douloureusement rabrouées.

À ces soucis innombrables était venu s'ajouter, depuis
la déclaration de guerre, le tourment causé par la
récente conversion de son neveu Diego, empoisonné
par les théories progressistes d'un certain Karl Marx,
rien que ce nom ! Elle demandait pardon à Dieu de
son apostasie et, à toutes fins utiles, faisait brûler
en cachette des cierges dans sa chambre en priant
que soit exaucé son vœu de ramener ce pauvre petit,

sur lequel elle avait placé tant d'espoirs, des ténèbres communistes où il s'était égaré vers la sainte lumière catholique, égarement bien pardonnable, Seigneur Tout-Puissant, chez un jeune homme qui avait souffert de délaissement dans sa prime enfance, élevé par des sans-cœur et très probablement des communistes.

Elle espérait secrètement que l'infamante alliance de son neveu avec Moscou et la vermine républicaine ne serait qu'une lubie d'adolescent engagé étourdiment dans une voie maudite, et que cette lubie cesserait avec le temps et le mariage, celui-ci étant, selon la très sainte parole du très saint pape, la meilleure panacée pour remettre dans le rang les plus déviantes créatures.

À vrai dire, les fredaines de son neveu semblaient l'émoustiller, comme semblaient l'émoustiller les turpitudes des bolcheviques qui avaient fait sauter en France la grotte de Lourdes, quelle horreur, quelle horreur, mais c'est la fin du monde ! Tu déraisonnes, lui disait son frère. Je l'ai lu dans le journal, lui rétorquait-elle. Change de journal, lui conseillait son frère qui l'invitait régulièrement à davantage de mesure dans ses détestations comme dans ses engouements. Heureusement, l'arrivée des avions allemands dans le ciel espagnol réconfortait son cœur anxieux. Elle voyait même en eux la preuve superfétatoire que son Dieu Tout-Puissant veillait personnellement sur

89

l'Espagne, efficacement secondé par son auxiliaire et valeureux Francisco Franco Bahamonde, Caudillo de España por la Gracia de Dios.
Nul dans le village n'ignorait ses haines ni ses penchants. Mais par une sorte de tradition invétérée, on ne touchait pas à la famille de don Jaime Burgos Obregón, comme on ne touchait pas au rite de la jota, comme on ne touchait pas au calendrier des saints. On respectait cette famille qui jouissait depuis des siècles d'une réputation de droiture et d'honneur. Mieux, on l'affectionnait et on fermait les yeux sur le soutien indéfectible que doña Pura portait aux nationaux et sur l'amour tout aussi indéfectible qu'elle vouait à Franco, seule exception dans sa carrière érotique, seule figure terrestre ayant réussi à l'induire en tentation et à faire palpiter ses chairs d'une sainte volupté. On fermait les yeux car, certes, doña Pura était une facha cent pour cent facha, certes, on savait qu'elle chantait dans sa chambre d'une voix vibrante *Cara al sol*, mais la pauvrette avait bien des excuses : elle n'avait jamais baisé y su chocho estaba sequito como una nuez.

Au seuil d'écrire son livre et de dénoncer les méfaits de cette Église, tant adorée de doña Pura, Bernanos hésite un instant. Qu'a-t-il à gagner à cette entreprise ? Et qu'ai-je moi-même, me dis-je, à gagner à la faire revivre ? À quoi bon touiller cette saloperie dont l'univers s'est écœuré ? se demandait un autre de mes admirés, Carlo Emilio Gadda, dans les premières pages d'un livre qu'il mena jusqu'au bout sur l'abjection mussolinienne.

Bernanos sait parfaitement que ces vérités ne sont pas bonnes à dire et qu'on va les lui reprocher. Mais il se décide à franchir le pas, non pour convaincre, dit-il, encore moins pour scandaliser, mais pour pouvoir se regarder en face jusqu'à la fin de ses jours et rester fidèle à l'enfant qu'il fut et que l'injustice accablait.

Il s'y décide car il a vu son propre fils Yves déchirer en pleurant la chemise bleue de la Phalange après que deux pauvres diables, deux braves paysans palmesans, eurent été assassinés sous ses yeux. (Yves désertera bientôt la Phalange et s'enfuira loin d'Espagne.)

Il s'y décide, car le scandale d'une Église qui tapine avec les militaires l'a blessé au centre vif de sa conscience.

Et bien qu'il lui en coûte de le dénoncer, il lui coûte plus encore d'en être le voyeur muet. L'image de ces prêtres, le bas de leur surplis trempant dans le sang et la boue, et donnant leur viatique aux brebis égarées qu'on assassine par troupeaux, le révulse.

Animé par la lettre et l'esprit de ce qu'il appelle « son catéchisme élémentaire », Bernanos ne peut observer sans nausée ces meurtres perpétrés au nom de la

Sainte Nation et de la Sainte Religion par une petite troupe de fous fanatiques enfermés dans la folie fanatique de leurs dogmes.

Alors il rassemble ses forces pour accorder sa conscience à son cœur et se décide à dire ce qui le fait frémir d'horreur. Il se décide à dire l'insurmontable répugnance que lui inspirent la suspicion généralisée, la délation récompensée par l'Église, l'enlèvement la nuit des mal-pensants et des irréligieux abattus sans autre forme de procès, bref toute « la furie religieuse consubstantielle, dit-il, à la part la plus obscure, la plus vénéneuse de l'âme humaine ».

Ce sont, dit-il, des faits publics, des faits avérés, des faits indiscutables qu'aucun déni au monde ne fera qu'ils n'aient eu lieu, et qui laisseront dans l'Histoire une tache de sang qu'une mer d'eau bénite ne pourra effacer.

Ils sont la pire injure faite au Christ.

Son absolu reniement.

Une honte pour l'esprit.

Il l'écrit. Il a ce courage que ses anciens amis ne lui pardonneront pas, qui verront en lui un dangereux anarchiste.

Il n'ignore pas que des crimes semblables sont commis dans le camp républicain et que d'innombrables prêtres ont été assassinés par les rouges tout aussi atrocement, ceux-ci payant pour tous puisque la règle veut que les petits paient toujours pour les fautes des grands. Il n'ignore pas que les évêques bolcheviques, comme les appelle le poète César Vallejo, sont tout aussi cyniques et tout aussi barbares que les évêques catholiques.

Que les rouges d'Espagne aient massacré des prêtres, ce n'était qu'une raison de plus, dit Bernanos, une raison déterminante pour prendre ouvertement la défense de leurs femmes et de leurs enfants innocents. À ses yeux de chrétien porté par l'esprit de l'Évangile et le cœur de Jésus, s'il est un abri sur terre, un lieu de miséricorde et d'amour, c'est au sein de l'Église qu'il se trouve.

Or, l'épiscopat espagnol n'a cessé au long des siècles de trahir, de dévoyer et de défigurer le message christique en se détournant des pauvres au profit d'une poignée de « canailles dorées ». L'Église espagnole est devenue l'Église des nantis, l'Église des puissants, l'Église des titrés. Et ce dévoiement et cette trahison ont atteint un sommet en 1936 lorsque les prêtres espagnols, de mèche avec les meurtriers franquistes, ont tendu leur crucifix aux pauvres mal-pensants pour qu'ils le baisent une dernière fois avant d'être expédiés *ad patres*. Pour l'exemple.

Bernanos dénonce ce double opprobre. Et déclare aux Excellences épiscopales qu'il comprend très bien que les pauvres deviennent communistes.

Et tant pis si ses paroles manquent de mesure.
Et tant pis si elles sont imprudentes.
Elles le seront toujours moins que le déni (on sait d'expérience qu'un mal dénié réapparaît plus violemment). Elles le seront toujours moins que l'indifférence polie qui endort le cœur et engourdit la langue. Et elles le seront toujours moins que le silence (on sait où mena celui des démocraties munichoises qui laissèrent envahir la Tchécoslovaquie et se turent pendant vingt-cinq ans devant la dictature franquiste).
Aux yeux de Bernanos, l'Église espagnole, en se faisant la sous-traitante de la Terreur des nationaux, a perdu définitivement son honneur.

As-tu comprendi qui étaient les nationaux ? me demande ma mère à brûle-pourpoint, tandis que je l'aide à s'asseoir dans le gros fauteuil en ratine verte installé près de la fenêtre.
Il me semble que je commence à le savoir. Il me semble que je commence à savoir ce que le mot national porte en lui de malheur. Il me semble que je commence à savoir que, chaque fois qu'il fut brandi par le passé, et quelle que fût la cause défendue (Rassemblement national, Ligue de la nation française, Révolution nationale, Rassemblement national populaire, Parti national fasciste...), il escorta inéluctablement un

enchaînement de violences, en France comme ailleurs. L'Histoire, sur ce point, abonde en leçons déplorables. Ce que je sais, c'est que Schopenhauer déclara en son temps que la vérole et le nationalisme étaient les deux maux de son siècle, et que si l'on avait depuis longtemps guéri du premier, le deuxième restait incurable. Nietzsche le formula de façon plus subtile, qui écrivit que le commerce et l'industrie, l'échange de livres et de lettres, la communauté de la haute culture, le rapide changement de lieux et de pays, toutes ces conditions entraînaient nécessairement un affaiblissement des nations européennes, si bien qu'il devait naître d'elles, par suite de croisements continuels, une race mêlée, celle de l'homme européen. Et d'ajouter que les quelques nationalistes qui subsistaient n'étaient qu'une poignée de fanatiques qui tentaient de se maintenir en crédit en attisant les haines et les ressentiments. Bernanos se défiait lui aussi de l'usage abusif du mot nation dont ses anciens amis se gargarisaient. « Je ne suis pas national (disait-il) parce que j'aime à savoir exactement ce que je suis, et le mot national, à lui seul, est incapable de me l'apprendre. [...] Il n'y a déjà pas tant de mots dans le vocabulaire auxquels un homme puisse confier ce qu'il a de précieux, pour que vous fassiez de celui-ci une sorte de garni ou de comptoir ouvert à tout le monde ».
J'incline à penser pour ma part qu'un certain nombre

(car on peut, semble-t-il, avoir l'âme cocardière sans être nécessairement un fasciste), qu'un certain nombre, disais-je, de ceux qui aujourd'hui s'emparent de ce terme (lequel n'est en soi ni bon ni mauvais) et le brandissent tel un étendard, le font à seule fin de masquer leur projet d'un triage entre les nationaux et les non-nationaux (autrement dit d'instaurer un système qui distingue et hiérarchise les hommes : cela s'appelle, je crois, un national-racisme) et de discréditer ces derniers (les non-nationaux), puis de les marginaliser, puis de s'en débarrasser comme on le fait des parasites, la nation ne pouvant les nourrir au détriment de ses propres enfants, et ce en dépit de son immense et maternelle sollicitude.

À mon humble avis, dit ma mère (qui a du goût pour ce genre de formules explétives dont l'usage lui donne l'impression de maîtriser le français ; elle aime aussi beaucoup les expressions Si j'ose dire et Si je ne m'abuse qu'elle trouve distinguées et qui viennent en quelque sorte racheter sa propension à dire des grossièretés), à mon humble avis, ma chérie, ceux qu'on nominait les nationaux voulaient épurer l'Espagne de 36 de tous ceux qui ressemblaient à mon frère. Y nada más.

C'est le moment propice, me semble-t-il, de réviser la petite leçon que voici :

PETITE LEÇON D'ÉPURATION NATIONALE

I. LES DISCOURS AFFERMISSANT LES PRATIQUES D'ÉPURATION NATIONALE

Nous donnerons pour exemple un extrait de l'une des déclarations que fit à la radio le général Queipo de Llano, grand nettoyeur de Séville, en juillet 1936 : « Cette guerre est une guerre à mort. Il faut lutter contre l'ennemi jusqu'à sa totale extermination, et quiconque ne se rend pas compte de cela n'est pas un bon serviteur de la cause sacrée de l'Espagne. » Ainsi qu'un bref extrait de l'article figurant à la première page du journal *Arriba España* daté du même mois : « *¡Camarada! Tienes obligación de perseguir al judaísmo, a la masonería, al marxismo y al separatismo. Destruye y quema sus periódicos, sus libros, sus revistas, sus propagandas. ¡Camarada! ¡Por Dios y por la Patria!* »

Pour atteindre les buts admirables précédemment cités et délivrer la nation des éléments nuisibles, il convient de s'assurer les bons offices de délateurs.

II. LES DÉLATEURS

par la bouche desquels Dieu manifeste sa volonté se recrutent à tous les niveaux de la société, avec une proportion assez remarquable de prêtres, de dames de

la haute qui bêlent leur amour du prochain et portent
à leur corsage l'image sacrée du Cœur de Jésus d'où
coule un joli filet de sang, d'épouses de gradés qui
sont du dernier bien avec le père Untel nettoyeur de
consciences, de cafetiers, de boulangers, de chevriers,
de garçons de ferme, de nigauds faciles à catéchiser,
de traîne-savates en manque d'exercice, de petites
gens que l'on persuade de se décorer d'un pétard à
la ceinture au nom de la nation en péril, de petites
frappes et de grandes canailles qui repeignent de frais
leur conscience en enfilant la tenue bleue censée leur
restituer l'honneur perdu, de braves gens et d'autres
plus saumâtres, et d'un nombre conséquent de personnes ordinaires, c'est-à-dire ni bonnes ni mauvaises,
c'est-à-dire d'une honnête médiocrité ainsi que le
disait mon cher Nietzsche, c'est-à-dire comme vous
et moi, c'est-à-dire qui vont régulièrement à confesse
pour vidanger leurs péchés, ne manquent jamais la
messe du dimanche ni le match de foot du samedi,
sont pourvues d'une épouse et de trois enfantelets,
et ne sont pas des monstres, ce qu'on appelle des
monstres, assez proches en cela des militants du,
mais non, non, pas de comparaisons tirées par les
cheveux, qui ne sont pas des monstres, ce sont les
circonstances seules qui sont monstrueuses, disait
Bernanos, et les gens les subissent, ou plutôt ils y

98

adaptent le petit nombre d'idées générales dont ils peuvent disposer.

Ces délateurs patriotiques, instruments de la volonté de Dieu, faut-il le répéter, ne s'embarrassent pas de démarches inutiles, car ils sont gens de poigne et qu'ils vont droit au but, sacré nom d'une pipe, sans se laisser freiner par de vaines pudeurs. Par voie épistolaire, ils dénoncent tous ceux qui éveillent leurs soupçons, et terminent leur lettre par de suaves gratulations aux autorités régnantes assorties de l'honneur de servir la patrie, ou par des remerciements émus et des sentiments affectionnés a la señora Untel qui a eu la bonté de leur faire parvenir de délicieuses poires (son époux est un franquiste qui ne rigole pas), les Comités d'épuration patriotique s'occupant du reste.

III. LES COMITÉS D'ÉPURATION NATIONALE
sont essentiellement composés de fiers-à-bras grisés par le pouvoir de terrifier que leur confère la chemise bleue des phalangistes ou le bonnet rouge des carlistes. Excités à l'idée de faire sur des hommes l'essai de leur férocité, ils retroussent patriotiquement leurs manches et affûtent patriotiquement leurs armes afin d'éliminer la racaille qui ne pense pas comme il faut et d'inculquer aux réfractaires, par la même occasion, la grandeur de l'esprit national.
Remarques :

Un bel esprit d'émulation règne au sein de ces comités. Des dispenses sont accordées par les Autorités pour passer outre au cinquième commandement de l'Église.

IV. LES MÉTHODES D'ÉPURATION NATIONALE

L'épuration nationale exige une organisation et des méthodes rigoureuses.

Elle doit éviter de se perdre en subtilités superflues et dédaigner toutes les opérations qui retardent et compliquent son exercice, telle celle qui consisterait par exemple à distinguer les assassins des innocents. Et puis quoi !

Les équipes d'épurateurs, encore appelés les punisseurs de Dieu, opèrent de préférence la nuit, car l'effet de surprise est plus grand ainsi que la terreur qu'elles inspirent.

Mais elles peuvent agir également en plein jour, dans la rue, ou s'introduire par la force chez les suspects qui ont été dénoncés par des âmes impeccables.

V. LISTE DES ÉLÉMENTS À ÉPURER PAR LES FRANQUISTES POUVANT SERVIR DE MODÈLE À TOUTE LISTE D'ÉLÉMENTS À ÉPURER PAR DES SAUVEURS DE LA NATION

1 – liste des brise-croix et des mécréants reconnus,
2 – liste des individus négligents devant les pratiques de la piété,

3 – liste des individus coupables de *desafección al movimiento salvador*,

4 – liste des instituteurs formés dans la Institución Libre de Enseñanza (laïque et gratuite), ennemis du capital, pervertisseurs de consciences et engendreurs d'athées et d'anarchistes qui sont une calamité pour l'ordre moral de la nation,

5 – liste des personnes inscrites à un parti ou à un syndicat hostiles à la nation,

6 – liste de ceux dont la rumeur dit qu'on les a vus lever le poing,

7 – liste de ceux dont la rumeur dit qu'ils protestent véhémentement contre un salaire de misère,

8 – liste de ceux dont la rumeur dit qu'ils ont applaudi au passage d'avions de l'armée républicaine,

9 – liste des dissimulateurs qui font l'éloge de Franco par-devant et l'abominent par-derrière,

10 – liste des poètes, écrivains et artistes qui encouragent, irresponsablement, le penchant à la révolte des populations ignorantes,

11 – autres.

VI. LES TROIS GRANDES PHASES DE L'ÉPURATION PAR LES FRANQUISTES POUVANT SERVIR DE MODÈLES À TOUS TYPES D'ÉPURATIONS EFFECTUÉES PAR DES SAUVEURS DE LA NATION

1 – La phase dite d'épuration à domicile : on frappe, en pleine nuit, à la porte du suspect. On l'arrache au sommeil. L'épouse affolée demande si l'on va conduire son mari en prison. Le tueur, qui n'a pas vingt ans, répond Parfaitement. On fait monter le suspect dans le camion où il retrouve trois de ses camarades au visage grave. Le camion démarre, puis il quitte la grande route, et s'engage au creux d'un chemin de terre. On ordonne aux quatre hommes de descendre. On les abat d'un coup de fusil. Puis on range leurs cadavres sur le bord du talus où le fossoyeur les retrouvera le lendemain, la tête éclatée. Le maire franquiste, pas con, écrira alors sur son registre : Untel, Untel, Untel et Untel, morts de congestion cérébrale.

2 – La phase dite d'épuration des prisons : les prisonniers en trop grand nombre et souffrant d'une trop grande promiscuité sont amenés par groupes dans des endroits peu fréquentés, sont abattus par groupes et jetés par groupes dans des fossés.

Précisons qu'à cette méthode classique, mais par trop voyante, on préfère souvent la méthode prescrite dans la phase dite terminale.

3 – La phase terminale s'organise comme suit : les prisonniers reçoivent un matin, à leur plus grande joie, la nouvelle de leur libération. Ils signent le registre d'écrou et le reçu des objets confisqués, accomplissent toutes les formalités indispensables en vue de dégager

l'administration pénitentiaire de toute responsabilité future. Libérés deux par deux, ils sont abattus dès qu'ils franchissent le seuil de la prison, et leurs cadavres sont conduits au cimetière.

VII. RAFFINEMENTS ET PERFECTIONNEMENTS
Leur recensement s'étant révélé interminable, nous les laissons à l'imagination des épurateurs.

VIII. ADDENDUM
Comment appliquer la méthode militaire à la conversion évangélisatrice des esprits ? La chose est simple. Il suffit d'adresser aux paroissiens en âge d'accomplir le devoir pascal le formulaire ci-après. Il produira sur ces derniers les mêmes effets qu'une arme à feu, mais sans les désagréments subséquents, et permettra d'encourager les mécréants et ceux qui récalcitrent encore à s'engager rapido dans la foi catholique.
Au recto :
M., Mme, Melle,
Domicilié à... rue... N °...
A fait ses Pâques à l'église de...
Et au verso :
Il est recommandé d'accomplir le devoir pascal dans sa paroisse. Quiconque l'aurait accompli dans une autre église devra en apporter la justification à son Recteur.
Une souche détachable portera l'indication suivante :

Pour la bonne administration, il est prescrit de détacher
cette souche et de la faire parvenir dûment remplie au
curé de la paroisse. On pourra également la déposer
dans la boîte destinée à cet usage.

J'écoute ma mère et je lis *Les Grands Cimetières sous*
la lune, dans lequel figure le document retranscrit ci-
dessus. J'y consacre, depuis quelques mois, la presque
totalité de mes jours.

Je n'avais jamais eu, jusqu'ici, le désir de me rouler
(littérairement) dans les ressouvenirs maternels de
la guerre civile ni dans les ouvrages qui lui étaient
consacrés. Mais j'ai le sentiment que l'heure est venue
pour moi de tirer de l'ombre ces événements d'Espagne
que j'avais relégués dans un coin de ma tête pour
mieux me dérober sans doute aux questionnements
qu'ils risquaient de lever. L'heure est venue pour moi
de les regarder. Simplement de les regarder. Jamais,
depuis que j'écris, je n'avais ressenti une telle inti-
mation. Regarder cette parenthèse libertaire qui fut
pour ma mère un pur enchantement, cette parenthèse
libertaire qui n'eut je crois d'autres équivalents en
Europe, et que je suis d'autant plus heureuse de
réanimer qu'elle fut longtemps méconnue, plus que
méconnue, occultée, occultée par les communistes
espagnols, occultée par les intellectuels français qui
étaient presque tous à cette époque proches du PC,

occultée par le président Azaña, qui espérait en la niant trouver un appui dans les démocraties occidentales, et occultée par Franco qui réduisit la guerre civile à un affrontement entre l'Espagne catholique et le communisme athée. Et regarder dans le même temps cette saloperie qui se manifesta du côté des nationaux franquistes et que Bernanos implacablement observa, cette saloperie des hommes lorsque le fanatisme les tient et les enrage jusqu'à les amener aux pires abjections.

Afin de ne pas m'égarer dans les récits de Bernanos et dans ceux ma mère, pleins de méandres et de trous, je suis allée consulter quelques livres d'histoire. J'ai pu ainsi reconstituer, de la manière la plus précise possible, l'enchaînement des faits qui conduisirent à cette guerre que Bernanos et ma mère vécurent donc simultanément, l'un horrifié et le cœur au bord des lèvres, l'autre dans une joie solaire, inoubliable, sous les drapeaux noirs déployés.

Voici ces faits :
La déception du peuple espagnol devant les mesures dilatoires prises par la jeune République et les vacillantes volontés de son président,
le dénigrement furieux de cette République par une Église insolemment puissante, pourvue de banques

insolemment puissantes et d'entreprises insolemment puissantes,

l'association mafieuse de l'épiscopat avec les militaires et les classes possédantes, afin de mieux défendre ses propres intérêts,

sa fureur sainte face aux réformes hâtives conduites par le gouvernement pour établir la laïcité et instaurer le mariage civil,

son désir fanatique de livrer à ces réformes une Sainte Guerre au nom du Père du Fils et du Saint-Esprit,

la rage hagarde de la grande bourgeoisie devant la création d'un impôt progressif sur le revenu, doublée de la haine des grands propriétaires terriens devant d'éventuelles confiscations,

leur aversion féroce du socialisme et de son sulfureux égalitarisme et leur effarement à l'idée que le peuple puisse se révolter,

la révolution ardemment désirée par les gauches radicales depuis la répression violente par le gouvernement des grèves de 34 dans la région des Asturies, tous ces éléments aboutirent à la division de la République une et indivisible en deux camps (chacun tirant à soi l'Histoire pour la confisquer à son profit) : d'un côté un front dit populaire composé des différentes gauches qui bientôt s'entredéchirèrent pour finir par s'entredétruire, et de l'autre un front dit national formé des droites coalisées, des plus honorables aux plus extrêmes, sourdes à la voix d'un peuple poussé à bout par des décennies de misère, et qui refusaient de s'incliner devant la nouvelle république obtenue par le suffrage universel.

VOUS AVEZ FAIM, MANGEZ LA RÉPUBLIQUE. Le 31 mars 1934, le monarchiste Antonio Goicoechea, le carliste Antonio Lizarza et le lieutenant-général Barrera avaient signé à Rome, avec Mussolini, un accord par lequel le Duce s'engageait à soutenir leur mouvement pour renverser la République espagnole par des financements et des fournitures d'armes. De 34 à 36, de nombreux jeunes gens avaient suivi en Italie des stages de formation militaire. Et des stocks d'armes avaient été constitués grâce au fonds italien.

En février 1936, le climat était si tendu entre les deux Espagnes que le pouvoir se décida à convoquer des élections législatives.

Le Frente Popular remporta la victoire et nomma à la tête du pays le républicain progressiste Manuel Azaña.

Mais les haines partisanes calquées sur les haines de classe, les discordes infertiles et leur attisement par les partis, les fanatismes de tout bord et leur aveuglement, les ruses manœuvrières pour abuser l'opinion, la déconsidération politique dans laquelle était tenue la République, celle-ci impuissante à mener les réformes nécessaires et notamment agraires, la surenchère des griefs, les scandales financiers qui touchaient les politiciens de l'un et l'autre bord surpris la main dans le sac (à gauche, Alejandro Lerroux dirigeant d'un gouvernement de coalition de 33 à 35, impliqué dans des affaires véreuses, à droite le banquier Juan March, enrichi au su de tous par la fraude et la contrebande, jeté en prison par la Monarchie, et devenu, dans une hâte suspecte, le grand argentier du franquisme) allaient conduire à une situation explosive.

Le 17 juillet, les garnisons installées au Maroc et aux Canaries se soulevèrent contre le gouvernement légal. Le 19 juillet, le général Franco prit la tête des insurgés. Celui-ci pensait qu'en lâchant ses chiens, toute velléité de résistance se dissiperait en trois jours. Il fut mal avisé. À la nouvelle du putsch, les syndicats déclenchèrent une grève générale et sommèrent le gouvernement de leur distribuer des armes. Dans la nuit du 18 au 19 juillet, le gouvernement autorisa leur distribution et releva les soldats de leur devoir d'obéissance aux militaires insurgés.

Le coup d'État franquiste mit ainsi debout un peuple qui ignorait sa propre force. Et il allait permettre ce que ni les socialistes, ni les anarchistes n'auraient jamais pu accomplir par eux-mêmes : la moitié de l'Espagne et les six villes principales passèrent en quelques jours entre les mains des révolutionnaires. Tandis que s'affrontaient par les armes les milices populaires et les forces dites nationales, tandis que ces dernières faisaient régner dans les régions qu'elles avaient prises ce que Bernanos n'hésita pas à qualifier de Terreur, tandis qu'une violente répression s'abattait au même moment sur le clergé d'une Église hostile à la République et qui prêchait la soumission à l'ordre ancien, des milliers de paysans commencèrent à se partager, sans attendre la loi, les grands domaines agricoles des propriétaires fonciers.

Il faut rappeler que, dans l'Europe de la fin du XIXe et du début du XXe, le courant libertaire connut des heures si fastes que les gouvernements mirent en place des moyens drastiques de le réprimer. Mais c'est en Espagne, patrie de l'ingénieux Don Quichotte, lequel s'exténua à secourir les faibles et à courir sus les méchants, c'est en Espagne que ce courant trouva son expression la plus haute, et c'est en Espagne, le temps d'un bref été, que ce courant s'incarna.

À partir de juin 36, en effet, d'innombrables villages transformés en communes collectives libres et auto-gérées vécurent hors du contrôle du pouvoir central, sans police, sans tribunaux, sans patron, sans argent, sans église, sans bureaucratie, sans impôt, et dans une paix presque parfaite. C'est cette expérience unique, je crois, que mon oncle José tenta, avec quelques autres, de reconduire dans son village, et que ma mère, par les hasards de l'Histoire qui sont parfois

tragiques, parfois glorieux, et souvent les deux, eut
la chance inouïe de vivre.

Montse, Rosita, José et Juan arrivent le soir du 1ᵉʳ août
dans la grande ville catalane où les milices libertaires
se sont emparées du pouvoir. Et c'est la plus grande
émotion de leur vie. Des heures inolvidables (me dit
ma mère) et dont le raccord, le souvenir ne pourra
jamais m'être retiré, nunca nunca nunca.
Il y a dans les rues une euphorie, une allégresse et
quelque chose d'heureux dans l'air qu'ils n'ont jamais
connu et ne connaîtront plus. Les cafés sont bondés,
les magasins ouverts, les passants qui déambulent
semblent saisis d'une sorte d'ivresse, et tout fonctionne
formidablement et comme en temps de paix. Seules
les quelques barricades encore dressées et les églises
détruites avec leurs saints de plâtre jetés devant leur
porche viennent leur rappeler que la guerre sévit.
Ils parviennent sur les Ramblas.
Une ambiance impossible à décrire, impossible, ma
chérie, de t'en communiquer la sensation vivante
pour qu'elle t'aille en plein cœur. Je crois qu'il faut
l'avoir vivi pour comprendre la commotion, le choc,
el aturdimiento, la revelación que fue para nosotros el
descubrimiento de esta ciudad en el mes de agosto 36.
Les orphéons, les fanfares guerrières, les fiacres à
chevaux, les drapeaux aux fenêtres, les banderoles

tendues d'un balcon à l'autre qui déclarent la mort au fascisme, les portraits géants des trois prophètes russes, les miliciens en armes qui roulent des mécaniques avec au bras une fille en pantalon, les autobus à étages décorés des sigles rouge et noir, des camions roulant en trombe chargés de jeunes gens brandissant des fusils et que la foule acclame, une foule qui semble portée par un sentiment de sympathie, d'amitié, de bonté, que personne au monde ne peut imaginer, des orateurs bouillants perchés sur des chaises branlantes, *¡Míralos camarada! ¡Van a la lucha, tremolando sobre sus cabezas el rojo pabellón! ¡Qué alegres van! acaso la muerte les aguarda, pero ellos prosiguen su camino, sin temer a nada o a nadie*, des haut-parleurs annonçant les dernières nouvelles de la guerre, et entre ces nouvelles, des couplets de *L'Internationale* repris en chœur par les passants, les passants qui se saluent gentiment, qui se parlent gentiment et s'embrassent sans se connaître, comme s'ils avaient compris que rien de beau ne pouvait advenir sans que tous y eussent leur part, comme si toutes les choses imbéciles que les hommes d'ordinaire s'inventent pour s'entretourmenter s'étaient, pfffft, volatilisées.

Ma mère me raconte tout ceci dans sa langue, je veux dire dans ce français bancal dont elle use, qu'elle estropie serait plus juste, et que je m'évertue constamment à redresser.

Montse et les trois autres se dirigent ensuite vers la caserne occupée par les libertaires devant l'entrée de laquelle stationnent quelques camions, trois Jeep et deux véhicules blindés. À l'intérieur, deux hommes dans une atmosphère enfumée écrivent leur enthousiasme révolutionnaire sur des Remington, tandis qu'un troisième plante des drapeaux noirs et blancs sur une carte d'Espagne punaisée à un mur. Des jeunes gens entrent dans la pièce sans discontinuer, certains pour avoir des nouvelles, d'autres pour s'engager et obtenir des armes, d'autres enfin pour le seul plaisir de se réjouir des avancées constantes de la révolution qui va changer le monde de A à Z, te lo digo.

Un homme aux cheveux gominés comme les portent les chanteurs de l'époque soulève Montse dans ses bras, qui pousse des cris de plaisir. Un milicien avec un pistolet à la ceinture et des allures de cow-boy accueille José d'une bourrade et lui demande d'où il vient. De F. Mais quelle coïncidence ! Lui est de S. Embrassades fraternelles. Deux jeunes filles en pantalon, les ongles peints en rouge, leur offrent, avec des airs crânes, des cigarettes blondes, et Montse découvre avec stupéfaction que des femmes qui ne sont pas des putes peuvent fumer comme les hommes, que j'étais bête quand j'y pense.

L'un des deux miliciens qui tapent sur une Remington les dirige vers une pièce attenante sur la porte de laquelle sont inscrits ces mots : ORGANISATION DE L'INDISCIPLINE. Et cette simple inscription jette José et Juan dans une joie d'enfant.

Un homme y est assis au beau milieu d'un bric-à-brac d'armes et d'objets militaires qui ont été réquisitionnés dans une armurerie du centre-ville. Il les accueille en déclarant triomphalement que la prise de Saragosse n'est qu'une question d'heures. Il tend à José et à Juan un ceinturon militaire et un porte-cartouches en cuir. Et bien que ces accessoires ne leur servent à rien qu'à décorer leurs hanches, l'un et l'autre, puérilement s'émerveillent.

Ils sortent.

La nuit est belle.

Ils se sentent heureux.

Ils sont convaincus de l'infaillibilité de leur cause.

Ils ont l'impression de vivre quelque chose de grand.

L'Italien qui a soulevé Montse dans ses bras les accompagne dans un hôtel de luxe réquisitionné par la CNT et transformé en cantine populaire. La façade est garnie de banderoles sur lesquelles sont écrites de naïves proclamations de victoire. Montse, qui n'est jamais entrée dans un palace pour milliardaires et n'y serait jamais entrée s'il n'y avait eu la guerre, Montse, après avoir franchi la porte à tambour en

113

s'y prenant à trois fois (quelle paysanne j'étais, quand j'y pense !) reste bouche bée devant le luxe qu'elle y découvre : les lustres à pampilles de luxe, les grands miroirs de luxe à cadre doré, les tables en bois de luxe sculptées de feuillages, et la vaisselle de luxe en porcelaine blanche décorée de fils d'or, je n'en revenais pas, dit ma mère, j'étais complètement stomaquée, es dis-je, quoi es ? estomaquée, j'étais estomaquée devant tant de riquesses.

Après avoir dîné d'une daurade fraîche accompagnée de riz, ma mère, qui n'a jamais goûté d'autres poissons que les sardines salées qui séchaient dans les barils de la Maruca, ma mère, donc, après l'inoubliable repas dans l'hôtel cinq étoiles, se rend avec les trois autres dans un café des Ramblas.

Pince-moi.

Dis-moi que je ne rêve pas.

Dis-moi que ça ne va pas s'arrêter, je me disais, me dit ma mère.

Ils entrent dans le café L'Estiu, qui a été collectivisé comme tous les cafés de la ville. Ma mère se souvient encore qu'un grand panneau au-dessus du comptoir prévient que tous les pourboires sont refusés.

Finie la charité, cette cochonnerie.

Horacio, le garçon, qui, depuis les événements, s'est débarrassé de son nœud papillon en signe de révolte mais a conservé le tablier blanc et le torchon posé sur le poignet, zigzague entre les tables avec des grâces de torero.

Montse, pour la première fois de sa vie, avale une copita de Anís del Mono. Elle dit Ça brûle. C'est bon. Et José et Juan rient devant ses grimaces.

Que la vie a du goût !

Elle entend, pour la première fois de sa vie, des langues étrangères, c'est un plaisir de l'âme. Car il y a là une foule panachée de jeunes gens venus de tous les coins du monde pour soutenir l'armée républicaine : des Américains qui font deux fois la taille de son frère, des Anglais à la peau laiteuse et aux lèvres roses (muy feos), des Italiens aux cheveux luisants, des Suisses, des Autrichiens, des Français, des Allemands, des Russes, des Hongrois, des Suédois. On parle fort (allez savoir pourquoi, l'Espagnol pense qu'il a toujours affaire à des sourds), on fume, on rit, je suis soûle, on se dit tu sans se connaître. Et dans ce jaleo, dans ce brouhaha, quel mot formidable ma chérie !, dans le brouhaha des discussions, des éclats de rire, des Me cago en Dios lancés à tout propos et du tintín des verres entrechoqués, une voix tout à coup s'élève, une voix grave et légèrement palpitante.

Lidia, sers-moi une anisette, ma chérie.

À cette heure-ci ?

Por favor hija mía. Une goutte. Une gouttelette.

Et comme j'hésite,

115

Je vais morir demain et tu veux m'empêcher de boire une anisette ?

Je sers à ma mère un petit verre d'anisette et me rassieds près d'elle.

Et tout à coup, enchaîne-t-elle avec des frissons rétrospectifs (touche mon bras ! touche !), un jeune homme en pied, très recto, se met à déclamer un poème. C'est un Français, ma chérie. Il récite des versos qui hablent de la mer. Il est beau comme un dieu. Il a des mains de fille et des habits d'artiste, je le revois comme si c'était hier. On dit plus rien. On l'écoute. Et à la fin du poème, on l'applaudit à tout romper.

Tandis que ma mère, assise dans son fauteuil près de la fenêtre qui donne sur la cour de récréation, reste un instant songeuse, je ne peux m'empêcher de penser au poète glossolalique et pilier des colloques lettrés que je suis allée écouter hier soir par pure curiosité, ça m'apprendra, et qui après nous avoir infligé un interminable poème où il répétait sans cesse que l'homme était pourvu d'un devant et d'un derrière (vous m'en direz tant !) avait voulu faire genre en soulignant le risque majeur qu'il avait pris en l'écrivant, misère.

Dans le café où Montse et les trois autres sont encore attablés, les conversations reprennent après cette inquiétude, après ce pur silence qui naît de la beauté d'un geste. Elles reprennent d'abord sur des sujets sublimes, car l'alcool fait flamber les sentiments sublimes, puis, progressivement, sur des sujets de plus en plus truculents et scabreux (ma mère se met à rire à leur seul souvenir).

La vie est joviale, je l'aime, je me disais, me dit ma mère.

On commence par discuter de Durruti, de son magnétisme, son héroïsme, sa bonté, sa loyauté, sa générosité, son intégrité, et cette humilité qui l'amène à dormir sur les mêmes paillasses et à manger le même riz infect que ses compagnons d'armes, à la différence de ces planqués qui expédient les autres à la mort en sirotant du whisky on the rocks avec une paille,

– puis des dernières communes créées dans la région,

– puis des nouvelles réjouissantes du front de Saragosse,

– puis de l'amour libre et de la prostitution,

– puis des différents moyens contraceptifs (il s'agit en résumé de choisir entre *coïtus sodomiter*, *coïtus onaniter* et *coïtus condomiter*),

– puis de la recette du cocido, plat patriotique s'il en est, avec ou sans saucisse, les opinions divergent,

– puis des garbanzos qui le composent, pois chiches en français (pourquoi chiches ?), qui sont les plus exquis, les plus délectables, les plus espagnols des légumes de la terre, princes des Fabacées, fournisseurs d'énergie, délicieusement parfumés, connus pour faire bander et qui font péter les hommes bien plus que les femmes, pourquoi ? (plaisanterie typique du mâle espagnol, commente ma mère),

– de l'absence scandaleuse de poèmes à leur gloire. Qu'attendent César Vallejo, Miguel Hernández, León Felipe ou Pablo Neruda (cette enflure, dit ma mère. Pourquoi dis-tu ça ? Je t'expliquerai), qu'attendent ces feignants pour chanter leur louange ?

– de la différence des pets selon les genres féminin et masculin, tant sur le plan de la musicalité que sur le plan de la fragrance, de leur valeur préventive et curative, et de leur capacité à faire décamper l'ennemi,

– des pétophobes et des pétophiles, qui restent deux catégories irréconciliables correspondant à la division des sexes, mais la révolution va radicalement modifier cette situation déplorable, et les jeunes filles modernes vont désormais se mettre à péter révolutionnairement (rires),

– peut-être pourrait-on aborder des sujets plus élevés, suggère un jeune philosophe andalou qui ressemble à ton ami Dominique. Si l'on examine, dit-il, la vulgarité intrinsèque du peuple ibérique amateur de pois chiches et sujet, conséquemment, aux flatuosités intestinales, et qu'on la compare à la vulgarité plus discrète et tempérée du peuple français amateur de haricots blancs, il appert que l'une et l'autre se reflètent éminemment dans leur littérature : l'espagnole faisant la part belle aux choses égrillardes, il suffit de lire *El Buscón* de Francisco Quevedo, aux côtés duquel son contemporain français a des allures de prof de catéchisme, et la française (littérature) qui, après la fondation de son Académie en 1635, met fin à la gaudriole telle que Rabelais la pratiquait avec génie, car Rabelais était espagnol, camaradas, espagnol en esprit, claro, hermano de Cervantes, claro, et qui plus est, libre-penseur, pour ne pas dire libertaire, A la salud de Rabelais, fait-il en levant son verre, A la salud de Rabelais ! reprennent en chœur toutes les personnes présentes qui ne savent strictement rien du génie en question (ma mère : quelqu'un d'extérieur nous aurait pris pour des dingues).

Puis on revient une fois encore sur l'incompatibilité génétique des libertaires et des communistes, et les disputes reprennent dans un festin de coño, de joder et de me cago en Dios tonitruants.

Montse se tient à l'écoute de tout ce qui se dit.

Elle a le sentiment que sa vie avance à toute allure et que le principe d'évolution qui nous fait aller progressivement de l'enfance à l'âge adulte puis à la vieillesse et à la mort, que ce principe s'est emballé en elle à une vitesse extraordinaire.

En fait, il me semblait que ma vraie vie commençait. Un peu comme quand ton père est mort. C'était quand ?

Il y a cinq ans.

C'est increíble ! On dirait qu'il y a un siègle.

Tu penses à lui, parfois ?

Non jamais. D'ailleurs je me demande comment j'ai pu, on dit pu ?, comment j'ai pu passer avec lui tant de jours, tant de nuits, tant de cènes, tant d'anniversaires, tant de Noëls, tant de soirées télé et tant de tout, année derrière année, sans en conserver le moindre raccord.

Les quatre sortent du café.

Montse, qui se sent des ailes, déclare que la vie est un enchantement, un encanto.

Il y a dans l'air de la ville une légèreté, une allégresse qui accélèrent le temps et ne laissent nulle place à l'angoisse.

Que j'aime vivre ! je me disais, me dit ma mère.

Montse se rend avec les trois autres calle San Martín, dans l'appartement bourgeois des señores Oviedo, qui ont confié leur clé à Francisca.

Alors pour Montse, qui a vécu dans la pauvreté la plus grande, qui ne soupçonne rien de l'opulence dans laquelle vivent certains, qui ne connaît du luxe que celui entrevu chez les Burgos ce jour fameux où don Jaime déclara Elle a l'air bien modeste, c'est un éblouissement.

Elle découvre en un seul soir l'existence (le visage tout fripé de ma mère lorsqu'elle évoque ce moment

120

s'éclaire d'une joie qu'elle me communique), l'existence de l'eau courante, chaude et froide, des baignoires à pieds de tigre, des W.-C. avec chasse d'eau et couvercle rabattable, des ampoules électriques dans chaque pièce, des réfrigérateurs, des pendules, des thermomètres muraux, des téléphones en ébonite, bref, de l'extraordinaire, de la féerique, de l'incomparable beauté du confort moderne. Elle est émerveillée par les épais tapis de laine, les porte-toasts en argent, les voluptueux canapés de cuir et les portraits encadrés de momies moustachues. Mais ce qui lui paraît le comble absolu du chic, c'est une cuiller d'argent pourvue d'un manche à angle droit et destinée à recueillir le sucre en poudre.

Cette munificence l'enchante.

Le seul fait de prendre un bain la fait exulter.

Elle ne se lasse pas d'ouvrir le réfrigérateur qui dispose d'un tiroir à glaçons, et de boire de l'eau fraîche dans des verres en cristal.

La table verte en Formica de la cuisine lui arrache des cris d'admiration (comme tous les pauvres, elle préfère les choses neuves aux vieux buffets paysans tels qu'on les trouve dans les maisons de son village).

Elle mange du veurre pour la première fois au petit déjeuner (on dit veurre ou beurre ma chérie ? me demande ma mère qui confond les deux sons, je sais

jamais), et non du lard comme elle en a l'habitude.
Un délice.

Elle est ébahie par l'ampleur de la garde-robe de la
maîtresse de maison qui occupe une penderie longue
de, dis combien ? Je ne sais pas moi, trois mètres ?
Six mètres de long, ma chérie !

La richesse est le ciel sur la terre, une bénédiction,
une consolation, un ravissement, répète Montse quand
José n'est pas là pour l'entendre (qui trouve répugnante et contre-révolutionnaire cette débauche de
luxe).

Rien n'a préparé Montse à cette expérience. Rien de
ce que lui ont enseigné les religieuses, rien de ce que
lui ont transmis sa mère et sa tante Aparición (dite
Pari) ne lui aurait permis d'imaginer qu'elle serait à
ce point bouleversée.

Car Montse n'est jamais sortie, pour ainsi dire, de
chez elle. Elle n'a jamais lu de ces romans d'amour
qui instruisent les adolescents sur les choses du
sexe, et les autres. Elle a grandi dans une famille
puritaine, campagnarde et totalement ignorante du
monde, persuadée que toutes les épouses devaient,
par décret, la boucler, persuadée que tous les pères de
famille étaient autorisés, par décret, à cogner femme
et enfants, élevée dans la crainte de Dieu et du diable
qui prend mille masques trompeurs, mon enfant, et
parfaitement dressée à obéir et se soumettre.

Si bien que tout ce qui survient lors de ce séjour en ville a pour elle la soudaineté d'un séisme, et sa puissance.

Cependant, Montse se glisse en ce monde tout neuf et plein de choses insoupçonnées avec un bonheur et une aisance calmes. Comme si elle y était née.

Jamais l'air ne lui a paru plus léger, les liens plus faciles.

Et tout ce qu'elle vit, tous les événements minuscules qui font le tissu banal de la vie, l'eau chaude coulant du robinet, la boisson d'une bière fraîche à la terrasse d'un café, deviennent soudain autant de prodiges.

J'avais l'impression que la vie devenait véridique, comment t'expliquer ça ?

Hésiode dans *Les Travaux et les Jours* avait écrit : « Les dieux ont caché ce qui fait vivre les hommes. » Montse a le sentiment de découvrir à quinze ans la vie qu'on lui avait cachée. Et elle s'y jette. Et elle s'y ébroue. Et c'est une joie pure. Ce qui l'amène à déclarer, soixante-quinze ans plus tard, avec une emphase tout ibérique, que si la guerre des armes a été perdue par les siens, l'autre (guerre) reste à jamais invaincue, escúchame !

Je t'écoute, maman, je t'écoute.

Tu vois, si on me demandait de choisir entre l'été 36 et les soixante-dix ans que j'ai vivi entre la naissance

de ta sœur et aujourdi, je ne suis pas sûre que je choisirais les deuxièmes.
Merci ! lui dis-je, un peu vexée.

Au début de son séjour, Montse, qui craint de s'égarer dans les rues de la ville, s'aventure peu au-dehors. Mais bientôt elle découvre le plaisir de flâner et d'admirer longuement, dans les vitrines des magasins de lingerie (tolérés par les révolutionnaires bien qu'ils ne contribuent pas à l'émancipation des femmes), les soutiens-gorge à balconnet, les porte-jarretelles en dentelle et les combinaisons en nylon rose, lesquels ont le pouvoir de convoquer ses rêveries d'amour les plus échevelées.
Elle découvre la mer.
Elle a peur d'y entrer.
Elle finit par y tremper les pieds en criant de plaisir.
Elle se promène avec Rosita et Francisca dans le parc de la ville où des orateurs anarchistes, montés sur des caisses de bois, tiennent des discours enflammés qu'applaudissent des centaines de badauds. Elles dévisagent les hommes. Elles rêvent de l'amour. Elles l'invoquent, elles l'appellent dans un tremblant espoir et toutes sortes d'exclamations. Du reste, elles sont amoureuses. Seul leur manque l'objet sur lequel fixer cet amour.
Montse se souvient qu'un jour où elle musarde avec

Rosita le long d'un boulevard, un attroupement insolite devant la banque Espírito Santo attire son regard. Les deux s'approchent du cercle des curieux et ce qu'elles aperçoivent les frappe de stupeur : quatre hommes entourent un brasier dans lequel un cinquième jette des liasses de billets, et personne n'a l'idée de les en empêcher, personne n'a l'idée de s'emparer de cette manne, et personne ne s'indigne du dommage qui se perpètre ainsi tranquillement et aux yeux de tous. Quant à Montse et Rosita, elles n'osent manifester un ébahissement qui les ferait passer, aux yeux des citadins, pour de vulgaires campagnardes. Alors, elles qui ont été élevées dans le souci continuel d'économiser trois pesetas, de ne pas gaspiller une miette de pain et d'user leurs vêtements jusqu'à la corde, elles qui ont vécu jusqu'ici la vie la plus parcimonieuse pour ne pas dire la plus chiche, elles à qui leur mère a inculqué depuis l'enfance la passion de l'épargne (car l'épargne est pour leur mère bien plus qu'un souci ou une priorité, elle est un goût, et même un goût marqué, et même un goût violent, et même une passion), elles considèrent ce jour-là que cet événement, pour stupéfiant qu'il soit, est dans l'ordre des choses, comme du reste tout ce qui advient en cet été 36, cet été où tous les principes se renversent, où tous les comportements se renversent, où tous les sentiments se renversent, faisant basculer les cœurs vers le haut

125

vers le ciel, ma chérie, c'est ce que je voudrais que tu comprends et qui est incompressible.

Quand j'y repense, dit ma mère, je me dis que j'aurais dû chiper un paquet de ces billets, je ne serais pas aujourdi dans cette merde.

Il est vrai que ma mère n'a guère eu l'occasion dans sa vie de faire flamber les billets de banque pour allumer ses cigarettes. Elle a même dû se livrer, pour nous vêtir et nous nourrir, à des comptes féroces, et appliquer pour s'en sortir les principes stricts d'économie domestique qu'on lui avait appris. N'ayant plus aucune confiance dans les banques depuis cette fameuse époque où elle avait vu des montagnes d'argent partir en fumée, elle a caché sous la moquette de sa chambre, en prévision de ses vieux jours, un petit tas de billets patiemment amassés mais qui, avec le temps, se sont révélés sans valeur.

Ma mère : Je les ai bien eus.

Moi : Qui ça ?

Ma mère : Les banquiers, bien sûr.

J'écoute ma mère ce matin me raconter cet épisode que je n'avais lu dans aucun livre d'histoire et qui me semble incarner tout à coup l'un des emblèmes les plus forts de cette période. J'écoute ma mère et je me demande une fois encore, car depuis qu'elle me raconte son été prodigieux c'est la même question qui revient, je me demande : Qu'est-il resté en elle de ce temps, aujourd'hui impensable, où des hommes brûlaient des liasses de billets pour dire leur dédain de l'argent et des démences qu'il engendre ? Juste des souvenirs, ou davantage que cela ? Ses rêves d'alors se sont-ils dissous ? Sont-ils tombés au fond d'elle-même comme ces particules qui se déposent au fond d'un verre ? Ou bien un feu follet brûle-t-il encore en son vieux cœur comme il me plaît infiniment de le croire ? Ce dont je m'avise en tout cas, c'est que ma mère depuis quelques années se moque éperdument du peu d'argent dont elle dispose et le distribue à qui veut, prodigalité que son médecin met sur le compte de sa maladie au même titre que ses troubles de la mémoire et que ses écarts de langage, innombrables pour ne pas dire incessants.

Mais j'aime à penser que son médecin se méprend, et qu'une lueur tremblante pétille encore en elle, les braises encore tièdes de ce mois d'août 36 où l'argent fut brûlé comme on brûle l'ordure.

Tandis que Montse s'émerveille de la beauté du monde, José, qui a voulu s'accorder quelques jours de vacances avant de signer sa feuille d'engagement, passe son temps à paresser à la terrasse des cafés en discutant, avec des jeunes gens qui lui ressemblent, de la révolution qui va reconfigurer l'univers.

Mais José sent lentement un malaise l'envahir. Il
ne peut s'empêcher d'entendre, derrière les discours
tenus, les prêches de la propagande révolutionnaire
dont les murs de la ville sont couverts et qui n'ont
rien à envier au catéchisme de don Miguel, le curé
de son enfance, un catéchisme simpliste, écholalique,
mensongèrement optimiste et qui fait avaler des cou-
leuvres à ces adolescents rêveurs à coups de phrases
grandiloquentes : *Le rempart des poitrines valeureuses
contre la peste fasciste. La marche triomphante des
gracieux gladiateurs qui jettent au vent la semence
d'une nouvelle génération de travailleurs serviteurs de
l'Idéal...* Tout le grand bluff amphigourique.
Il réalise que lui aussi, comme les autres, répète à
perdre souffle ces clichés de saison et ces déclamations vibrantes qu'on porte désormais à la place de
la cravate. Et cela, profondément, le trouble.
Mais ce qui le trouble plus encore est ce sentiment
qu'il n'ose confier à personne, qu'il ose à peine s'avouer
à lui-même, le sentiment que son engagement dans
les milices serait un engagement vain.
Car jamais José n'a éprouvé un si grand désir de se
donner, mais jamais il ne s'est senti aussi inutile et
aussi tristement convaincu que son savoir de paysan,
sa force de paysan et son courage de paysan ne ser-
viraient à rien dans cette guerre qu'à le mener à une
mort certaine. Or pour l'instant, il veut vivre, bordel,

il veut vivre. Il veut encore respirer l'odeur du café le matin. Il veut encore regarder le ciel, les femmes, les fontaines, les oliviers altivos, les ânes gris de son village et leur douceur résignée. Et il ne comprend pas que ces jeunes gens qu'il voit partir au front, torses bombés et culs cambrés à l'espagnole, aillent se faire massacrer avec un entrain aussi obstiné.

C'est que José a réalisé en quelques jours que ceux qui improvisaient cette guerre en attendant des armes qui n'arrivaient jamais, manquaient totalement de savoir-faire, qu'ils étaient dramatiquement ignorants en matière militaire, incapables par exemple de lire une carte d'état-major, incapables d'établir une quelconque stratégie guerrière, et incapables en conséquence de mettre leur armée en ordre de bataille. Il les a entendus s'épuiser, dans les cafés, en sarcasmes antimilitaires, se moquer des cordons, cordelettes, médailles, épaulettes, moustaches et autres brimborions dont se décorent les sous-offs, et exécrer tout ce qui, de près ou de loin, leur rappelait l'odeur de pieds de la caserne.

Et José ne peut s'empêcher de penser que ce dédain amusé des choses militaires, que cette confiance imbécile dans la morale et les bons sentiments, risque fort de conduire au carnage ces milliers de jeunes gens partis en fanfare pour le plus grand bien de la Patrie. Il ne peut s'empêcher de penser que leur morale comme leurs bons sentiments risquent fort d'être reçus à coups de Mauser K98, et l'idéalisme de leur chef accueilli par la mitraille, laquelle se montre peu réceptive, semble-t-il, aux humanistes homélies. Ces jeunes Don Quichotte, qui partent au combat chaussés de pauvres espadrilles et vêtus de pauvres vareuses en coton, ne connaissent rien des usages de la guerre, de sa démence aveugle, de sa répugnante, de son atroce sauvagerie. Dépourvus d'expérience, brandissant fièrement des fusils déglingués dont ils ne savent se servir, ne sachant même pas comment les épauler, ne sachant même pas comment pointer une cible à travers l'œilleton, ne sachant même pas comment introduire les balles dans les chargeurs, portant à la ceinture des grenades bricolées qui risquent de leur exploser à la gueule au moindre faux mouvement, ces jeunes volontaires d'à peine dix-huit ans ne peuvent qu'aller à la casse face à une armée aussi aguerrie et puissante que l'est celle des nationaux.

Et lorsqu'ils parviendront au front, mal nourris, mal armés, hébétés de sommeil, transis de froid et dans un état de fatigue tel qu'il leur rendra supportable le meurtre collectif qui leur aurait paru abominable en toute autre circonstance, lorsqu'ils n'auront plus la force de rassembler deux pensées, lorsqu'ils seront uniquement occupés à survivre et à se battre sans plus se poser de questions, lorsqu'ils accompliront des gestes d'automate sans plus aucune conscience du bien et du mal et sans le moindre affect, ils déchargeront leur fusil, au signal, sur d'autres jeunes gens à l'allure plus martiale ceux-là, uniformes impeccables et bottes impeccables, mais tout aussi abusés par la propagande de leur camp qui magnifie mensongèrement leur combat et leur promet, contre une médaille posthume, ou le plus souvent contre que dalle, la reconnaissance éternelle de la patrie, tu parles.

Mais parce que, précisément, José est paysan, c'est-à-dire rompu à vaincre par le soc la terre aride, il sait bien que l'esprit ne vainc pas la matière, surtout si celle-ci prend la forme d'un fusil-mitrailleur MG34, il sait bien qu'on ne peut pas lutter avec trois pierres et un idéal fût-il sublime contre une armée surentraînée et pourvue de canons, panzers, bombardiers, chars d'assaut, pièces d'artillerie et autres engins hautement qualifiés dans la liquidation d'autrui.

Quant aux étrangers qui rejoignent les rangs de l'armée républicaine, devenue le symbole de la lutte contre le fascisme, il les voit poser devant les photographes, exhibant leur fusil porté à bout de bras ou levant haut le poing de la révolte, il les voit rissoler à la terrasse des cafés, s'enivrant de grands mots majuscules et des émotions qui leur sont assorties, ou faire du gringue aux guapas en leur murmurant des piropos à la mode de leur pays. Et il se dit, le cœur serré, que leur présence est sans doute plus symbolique qu'utile (il se souvient tout à coup qu'il doit avoir l'œil sur sa sœur, que le premier de ces bellâtres pourrait séduire et engrosser de la plus concrète façon).

José sent une grande perplexité le gagner. Néanmoins il espère encore, à ce moment-là, qu'il est possible de mener de front la révolution et la guerre. Il espère encore. Mais quelque chose de son espoir lentement se lézarde.

Lui qui a rêvé follement d'être le fervent d'une révolte qui bouleverserait à tout jamais l'Histoire, il se demande à présent ce qu'il fout là, à regarder passer les camions chargés de jeunes gens offerts à la boucherie, à entendre les agents russes à lunettes cerclées mettre en garde les étrangers contre les fielleux complots tramés par les anars, et à subir dans les cafés les interminables querelles entre libertaires et communistes, chacun s'épuisant à désigner les coupables dans le camp adverse, chacun captif d'une évidence, aveuglante pour l'un, mensongère pour l'autre, les querelles boutiquières qu'il a connues dans son village se répétant ici sur un mode identique.

Mais plus encore peut-être que sa perplexité naissante devant les chances de victoire de l'armée républicaine, le tourmente l'idée qu'il a laissé son père faire face seul aux travaux des champs. Et de la même façon qu'il a ressenti en juillet une irrépressible impulsion à partir, il éprouve à présent la même impulsion à revenir auprès de ses parents à qui il reste attaché par des liens dont il ne saurait dire de quelle texture ils sont faits.

Il doit repartir. Son instinct l'avertit qu'il doit repartir. Il pèse encore pendant deux jours le pour et le contre. Puis un événement va précipiter sa décision.

Un soir, il prend le frais à la terrasse du café L'Estiu sur les Ramblas. Il est seul. Il boit une manzanilla. Il regarde les passants. Il prête une attention distraite aux conversations qui se tiennent alentour.

À une table proche, deux hommes sifflent cul sec plusieurs verres d'eau-de-vie. Ils parlent à voix si forte qu'il ne peut que les entendre. Ils sont hilares. Ils rotent. Ils s'entrecongratulent. Ils sont extrêmement contents d'eux-mêmes et se décernent réciproquement des brevets d'héroïsme. Ils ont fait un de ces putains de coups ! Après avoir cueilli deux prêtres morts de peur terrés dans une cave, ils ont flingué le premier d'un coup de revolver pam en pleine poire, puis ils ont dit au deuxième qui se chiait au froc de décamper en vitesse et ils l'ont flingué dans le dos pam pam lorsqu'il s'est mis à courir. Deux curés butés dans la même journée ! Eux qui croyaient rentrer bredouilles ! Pas mal le tableau de chasse ! Il fallait les voir se chier de trouille, les curaillons ! Impayables !

133

Ils se croient drôles.

Ils s'étonnent que José ne partage pas leur allégresse.

Serait-il un franquiste ou quoi ?

José passe la main sur son front, comme un dormeur qui s'éveille d'un cauchemar.

Il est terrassé, comme Bernanos est terrassé au même moment à Palma, et pour des raisons similaires.

Il reste figé sur sa chaise, paralysé d'effroi, plus mort que vif.

On peut donc tuer des hommes sans que leur mort occasionne le moindre sursaut de conscience, la moindre révolte ? On peut donc tuer des hommes comme on le fait des rats ? Sans en éprouver le moindre remords ? Et s'en flatter ?

Mais dans quel égarement, dans quel délire faut-il avoir sombré pour qu'une « juste cause » autorise de telles horreurs ?

No os arrodilléis ante nadie. Os arrodilláis ante vosotros mismos.

Quelle abjection sautera au visage de ces deux meurtriers s'ils s'agenouillent un jour devant eux-mêmes ?

José ne peut plus fermer les yeux devant la vérité qu'il a tenue soigneusement écartée de son esprit et qui, soudain, gesticule, vocifère, et violemment l'apostrophe : chaque nuit, des expéditions punitives de miliciens assassinent des prêtres et des suspects prétendument fascistes. Moins qu'à Majorque, peut-être, bien que je n'aie pas fait le décompte des crimes, mais la question ici n'est évidemment pas le nombre. José, tout comme Bernanos à Palma, découvre qu'une vague de haine ronge ses propres rangs, une haine permise, encouragée, décomplexée, comme on le dirait aujourd'hui, et qui s'affiche fière et contente d'elle-même.

José n'aspire plus qu'à rentrer chez lui le plus vite possible. Sa décision est prise. Il ne s'engagera pas dans la guerre. On va peut-être le traiter d'embusqué, il s'en fout. Il rentrera au village avec Juan et Rosita. Montse, qui refuse de partir, restera avec Francisca. Ça la fera grandir.

Il ne croit pas si bien dire.

Le lendemain, c'est le 8 août, se souvient ma mère sans une once d'hésitation (moi : tu te rappelles cette date ? ma mère : il paraît que j'ai une tête de litotte, c'est ce con de docteur qui le dit, mais tu vois !), le lendemain, le Conseil des ministres du gouvernement français décide la non-intervention en Espagne, tout en déplorant extrêmement extrêmement extrêmement la guerre effroyable qui ravage ce beau pays.

Españoles,
Españoles que vivís el momento más trágico de nuestra historia
¡Estáis solos!

¡Solos!

Les plaidoiries de l'écrivain José Bergamín (catholique, républicain, paradoxal, attaché culturel à l'ambassade d'Espagne à Paris) en vue d'obtenir des appuis financiers et moraux, n'ont donc servi à rien.

Toutes les associations d'anciens combattants français ont signifié au gouvernement français qu'il devait rester neutre dans les affaires d'Espagne, et Saint-John Perse, apeuré, est allé en ce sens.

Quant aux dirigeants soviétiques, ils ont hésité encore, cependant que Hitler et Mussolini aidaient les troupes franquistes à franchir le détroit de Gibraltar.

Il faudra attendre le début septembre pour que Staline se décide à soutenir les républicains, et que les premiers bateaux chargés de matériel militaire quittent Odessa.

Toutes les palabres sont faibles, me dit ma mère, pour exprimer le desengaño, la déception mezclée de ire que José ressent en s'informant de ces nouvelles. Et quand j'opère une marche arrière en esprit, ma chérie, je me rends compte que sa mélancolie a commencé, si je ne m'abuse, à ce moment-là.

À Palma les mois passent et l'horreur se confirme. Bernanos apprend que les croisés de Majorque, comme il appelle les nationaux, exécutent en une nuit tous les prisonniers ramassés dans les tranchées, les conduisent

« comme un bétail jusqu'à la plage » et les fusillent
« sans se presser, bête par bête ». Le travail achevé,
les croisés mettent « les bestiaux en tas – bétail absous
et non absous », puis les arrosent d'essence.

« Il est bien possible (écrit-il) que cette purification
par le feu ait revêtu alors, en raison de la présence
des prêtres de service, une signification liturgique.
Malheureusement je n'ai vu que le surlendemain ces
hommes noirs et luisants tordus par des flammes, et
dont quelques-uns affectaient dans la mort des poses
obscènes, capables d'attrister les dames palmesanes
et leurs distingués confesseurs ».

À Majorque la mort est devenue le maître.
La mort. La mort. La mort. À perte de vue la mort.
Dans l'angoisse et la répulsion qu'il éprouve, Bernanos
s'efforce de demeurer lucide. Coûte que coûte. « Vous
êtes pour moi un frère en désolante lucidité », lui
avait écrit Artaud en 1927, le seul ou presque parmi
ses contemporains à avoir aimé *L'Imposture*.
Lucide contre la lâcheté et contre le silence.
Lucide en s'obligeant de regarder l'horreur en face
et de témoigner sans tarder devant les crimes sur
lesquels les franquistes la bouclent.
Car à la différence des républicains qui posent pour
la postérité dans les églises qu'ils ont détruites, ou
devant le cadavre des religieuses qu'ils ont assassinées
(photographies qui vont faire le tour du monde), la

propagande franquiste veille à ce que ne transpire aucune image témoignant des exactions perpétrées par el terror azul (la terreur bleue, de la couleur de l'uniforme phalangiste).

Bernanos se décide à les dire (ces exactions).

Il y va, dit-il, de son honneur, ce vieil honneur qui est jugé réactionnaire et qui est, dit-il, une chose d'enfance, les jeunes des cités le savent bien.

Il se décide à les dire parce qu'il n'est pas un esprit délicat (il le regrette) qui écrit pour des lecteurs à l'esprit délicat (parce qu'il est donc, si j'en crois mon penseur préféré, un grand écrivain).

Il se décide à dire que le slogan de l'Église mille fois répété DÉLIVRONS LE TOMBEAU DU CHRIST ne signifie pas autre chose que l'extermination systématique des éléments suspects.

Il se décide à dire que les nationaux font régner un régime de Terreur, béni et encouragé par une Église, qui profère saintement *Accipe militem tuum, Christe, et benedice eum.*

Un régime de Terreur, écrit-il, est « un régime où le pouvoir juge licite et normal non seulement d'aggraver démesurément le caractère de certains délits dans le but de faire tomber les délinquants sous le coup de la loi martiale (le geste du poing fermé puni de mort), mais encore d'exterminer préventivement les individus dangereux, c'est-à-dire suspects de le devenir. »

138

Bernanos lance un cri d'alarme : Il y a un peuple qu'il faut sauver. N'attendons pas que les nationaux aient achevé de le détruire.

Et de s'adresser directement aux évêques, avec cette ironie désespérée qui est sa marque : « Mais non, Excellences, je ne mets nullement en cause votre vénéré frère, l'évêque-archevêque de Palma ! Il se fit représenter comme d'habitude à la cérémonie par un certain nombre de ses prêtres » lesquels, sous la surveillance des militaires, offrirent leurs services aux malheureux qu'on allait buter, en leur donnant l'absolution.

L'Église espagnole a révélé avec la guerre son visage effrayant.

Pour Bernanos, l'irréparable est consommé.

2

À peine arrivé au village, José tomba sur son ami Manuel qui avait partagé avec lui l'enthousiasme de juillet mais n'avait pu se résoudre à quitter sa famille. José lui raconta par le menu son séjour dans la ville et la ferveur splendide qu'il y avait trouvés. Mais il passa sous silence les querelles entre factions, identiques à celles du village, il passa sous silence la propagande mensongère des commissaires politiques à l'accent russe et aux lunettes cerclées, il passa sous silence les ricanements effroyables qu'il n'oublierait jamais des deux meurtriers du café des Ramblas, comme si taire ces choses l'aidait à les taire en lui-même, comme si mentir par omission lui permettait de ne pas s'effondrer tout à fait.

Son ami Manuel, si enthousiaste avant la guerre, l'écoutait à présent le visage morne et comme si les mots que José prononçait le renvoyaient à une saison lointaine et presque entièrement oubliée de sa vie.

Il avait repris ses anciennes habitudes, pressé sans doute de se délivrer de l'exaltation de juillet et de la possibilité angoissante d'avoir à se mesurer aux idéaux grandioses qui avaient gonflé son cœur.

À présent, tout ce qu'il avait aimé et défendu il y a un mois l'indifférait.

Pire, il s'en dédiait. Le récusait.

Et pour s'en justifier, il déballait la kyrielle de reproches qu'il avait amassés en deux semaines contre ses anciens camarades, pour la plupart absurdes et dénués de fondement : qu'ils étaient des borrachos, des feignants, des pédés qui semaient la merde à seule fin de satisfaire leurs instincts lidibi, libibi, libidineux, qu'ils se montraient exagérément intègres, travers tout aussi inquiétant, et qu'ils faisaient le jeu des nationaux, autant de préjugés et de mensonges qui avaient pris en un rien de temps le pas sur les évidences (José constaterait bientôt que les reproches de Manuel s'étaient propagés dans le village avec la violence d'une épidémie de grippe).

José se sentit désarmé.

Si désarmé par cette malveillance imprévue qu'il n'eut pas le ressort moral de défendre le mouvement qu'il avait embrassé avec tant de chaleur à Lérima.

Il se dit qu'il avait mésestimé la versatilité des hommes et leur capacité à faire volte-face.

Il se dit qu'il avait méjugé du besoin qu'ils ont de
décrier les choses les plus belles et de les avilir.
Et une fois de plus, il se reprocha sa candeur.
Mais il espérait encore. Rien de plus têtu, rien de plus
tenace que l'espoir, surtout s'il est infondé, l'espoir
est un chiendent.
Il pensait qu'il était trop tôt encore pour qu'il se
déjugeât. Trop tôt pour qu'il se donnât pour battu,
l'espoir est un chiendent.
Et si son enthousiasme s'était singulièrement refroidi
depuis les Jours Inoubliables, si son idée de la révolution s'était entachée d'une ombre dont la surface
ne cessait de s'épandre (moi : réduite à une peau de
chagrin, ma mère : que cette expression est belle !),
quelque chose en lui, de son rêve passé, refusait de
mourir.
Il fit un effort pour se ressaisir.
Feignant un ton détaché car il ne voulait pas passer
pour un naïf incorrigible, il confia à Manuel son
projet minuscule d'apporter l'instruction aux paysans
illettrés du village, volontairement maintenus dans
un état d'arriération, dont un certain Diego, éhon-
tément, abusait.
Manuel eut une grimace. Il dissimulait mal son scepticisme. Il essaya de convaincre José de rejoindre
le camp dirigé par Diego plutôt que de tenter des
aventures casse-gueule. Sans quoi il risquait d'aller

au-devant des pires ennuis. Cuidado con el pelirrojo !
Gaffe au rouquin !

Jamais ! José l'affirma avec la dernière énergie. Composer avec Diego, plutôt crever ! Il ne céderait pas d'un pouce sur cette conviction qu'il n'était de pouvoir qu'oppressif. Pour rien au monde il ne voulait reproduire l'erreur de ses camarades de la ville qui, en acceptant de participer au gouvernement régional, perdaient peu à peu, de concession en reniement, ce qui avait fait leur force.

Mais ce que José retint surtout de la discussion qui se prolongea, ce fut l'importance que Diego avait prise en quelques jours dans le village.

Presque tous les paysans, il le découvrit, l'avaient rallié. Les plus hostiles au communisme faisaient à présent son éloge. Les flagorneurs le flagornaient, Vous êtes l'homme de la situation. Les salopards salopardaient et affichaient pour lui complaire leur hostilité totale aux balivernes des anarchistes. Les obséquieux se jetaient sur lui pour une poignée de main des plus marxiste-léninistes. Et les mères de famille se prosternaient dévotement devant sus cojones, parce que les mères de famille aiment à se prosterner dévotement devant los cojones des chefs (dit ma mère).

José apprit aussi, dans le décours de la conversation, que son propre père était devenu l'un de ses fidèles. Ce fut un coup de couteau dans son cœur.

Tandis que José, dans son village, se désolait, Montse et Francisca, à des kilomètres de là, n'en finissaient pas de se délecter des plaisirs de la ville. Chaque soir, elles allaient s'asseoir à la terrasse des cafés où, depuis la révolution, l'on pouvait consommer gratuitement un verre d'eau sans être congédié et regarder la nuit descendre doucement sur les toits des immeubles.

Un soir d'août, c'était un mercredi, Montse s'installa seule dans le café L'Estiu où elle s'était rendue le jour de son arrivée, et elle reconnut immédiatement, assis à la table voisine, le jeune homme français qui avait récité le poème sur la mer.

Alors nos yeux se saludèrent et l'amour se leva, me dit ma mère qui se met à chanter :

> *Las naran las naranjas y las uvas*
> *En un pa un un palo se maduran*
> *Los oji los ojitos que se quieren*
> *Desde le desde lejos se saludan*

Le jeune homme demanda el permiso de s'asseoir à sa table, ce qu'elle accepta sans faire de façons (car une révolutionnaire digne de ce nom se devait de dédaigner les minauderies, simagrées, fausses pudeurs et autres symptômes d'affectation bourgeoise).

Le jeune homme s'appelait André. Il était français.

Il parlait l'espagnol avec un accent impeccable. Il se présentait comme un écrivain débutant. Il était parti de Paris depuis huit jours et attendait son affectation dans une Brigade internationale pour aller se battre sur le front aragonais. Il avait pris, au Perthus, un train bondé et sale, mais il en avait vite oublié la saleté devant l'ambiance surchauffée qui régnait dans les compartiments, la gourde de vin blanc passant de main en main, les déclamations vibrantes, les chants rauques, les injures qui déflagraient contre El Hijo de la gran Puta y su pandilla de cabrones, quelque chose de sombre et d'exalté, comme une peur qui s'inverse en triomphe mais où survit encore quelque chose de noir. Il avait été accueilli sur le quai de la gare par des guapas aux bras chargés de fleurs, qui l'avaient conduit à l'hôtel Continental, où il logeait à un tarif dérisoire et pour un service parfait.

Il dit à Montse qu'il avait honte de la France, honte de l'Europe qui se couchait devant Hitler et honte de l'Église catholique qui tapinait avec les militaires.

Il partait le lendemain matin.

Il avait sa soirée à lui, et toute la nuit.

Montse l'aima dès la première seconde, entièrement, et pour toujours (pour les ignorants, cela s'appelle l'amour).

Ils décidèrent d'aller au cinéma dont l'entrée était gratuite depuis que les libertaires s'étaient emparés de la ville. Et à peine installés, ils se jetèrent l'un sur l'autre et échangèrent dans le noir un baiser impétueux qui allait durer pas moins d'une heure et demie. C'était le premier baiser de Montse qui fit ainsi une entrée grandiose sur le terrain des voluptés, devant l'écran où s'affichaient d'autres baisers, bien plus professionnels sans doute, mais autrement parcimonieux.

Et comme rien, depuis juillet, ne se faisait selon les règles antérieures, et comme la morale s'était mise aux ordres du désir, et comme nul ne s'encombrait plus des anciennes contraintes, et comme tous ou presque les envoyaient valser sans l'ombre d'un remords (mais néanmoins un peu d'inquiétude), Montse, après le baiser d'une heure et demie qui était d'une douceur à mourir, accepta sans une hésitation d'accompagner le Français dans sa chambre d'hôtel. Et elle n'eut ni le temps ni l'esprit de se demander si les dessous qu'elle portait étaient de circonstance (grande culotte en coton parfaitement anaphrodisiaque et chemisette assortie), qu'ils s'effondraient sur le lit, se respiraient, se caressaient, s'emmêlaient passionnément, et se faisaient l'amour dans une émotion et une impatience qui les faisaient trembler, j'abrège.

Ils retombèrent sur le côté, haletants, en sueur. Se regardèrent comme s'ils se découvraient. Restèrent un moment silencieux. Puis Montse demanda au

149

Français à quelle heure il devait partir. Le Français caressa, d'une main pensive, le contour de son visage et lui dit quelques mots qu'elle ne comprit pas. Il avait une voix tremblée, frissonnante, inolvidable (me dit ma mère). Elle le fit répéter. Il lui redit des mots qu'elle ne comprit pas, ou plutôt qu'elle comprit mais autrement que par leur sens (pour les ignorants, cela s'appelle la poésie).

À 7 heures du matin, le Français regarda sa montre. Il sursauta. Le temps était passé si vite. Il était affreusement en retard. Il s'habilla à la hâte, l'embrassa une dernière fois, et partit en courant vers ceux qui l'attendaient pour le conduire au front.

Montse rejoignit l'appartement qu'elle partageait avec Francisca dans une joie insensée, une joie presque insupportable, une joie qui la soulevait de terre como si tuviera pájaros en el pecho, une joie qu'elle aurait voulu crier et qui, littéralement, débordait de ses yeux, au point que lorsqu'elle entra dans la cuisine où s'affairait Francisca, celle-ci la regarda avec une expression médusée, et comme si elle avait soudainement changé de matière.

Qu'est-ce qui t'arrive ?

Je suis amoureuse.

Depuis quand ?

Depuis hier soir et pour toute la vie.

Tout de suite les grandes phrases !

C'est la saison des grandes phrases, répondit Montse, rayonnante.

Et comme elle mourait d'envie de déclarer au monde entier son bonheur tout neuf, elle raconta à sa sœur sa rencontre avec le Français et le baiser d'une heure trente qui lui était descendu jusqu'à l'âme (ou monté, selon l'endroit où l'on situe la chose), passant sous silence leur chavirement sur un lit d'hôtel et ce qui en avait découlé.

Dans les jours, les mois et les années qui suivirent, Montse ne cessa de penser au Français (qui ne donnerait jamais plus de nouvelles pour la bonne raison qu'elle n'avait pas eu le temps de lui confier ni son nom de famille, ni l'adresse de son domicile). Comment dormait-il ? Que mangeait-il ? Pensait-il à elle comme elle pensait à lui ? Sur quel front se battait-il ? Avait-il froid ? Avait-il faim ? Avait-il peur ? Était-il vivant ou mort ? Elle ne le saurait jamais, et se le demanderait des milliers de fois pendant les soixante-quinze années qui allaient suivre.

Ses règles ne vinrent pas à la date prévue. Les jours passèrent, les règles ne venaient pas, et Montse dut admettre qu'elle était bel et bien embarazada, en espagnol le mot est plus parlant, embarazada de celui que ma sœur et moi appelons depuis l'enfance André Malraux, à défaut de connaître son nom véritable. Montse avait entendu son frère se réjouir de la légalisation de l'avortement, laquelle, disait-il, contribuait grandement à l'émancipation des femmes. Elle songea un instant y avoir recours. Mais quelque chose en elle résistait à cette décision, et elle en reportait chaque jour l'échéance.

Francisca finit par remarquer que quelque chose, chez Montse, clochait. Elle qui chantait du matin au soir (car elle avait des dispositions inouïes pour le chant, et je suis persuadée que, correctement prise en main par quelque impresario, elle aurait pu se faire un nom et mener une carrière de chanteuse, d'autant que ce don musical se joignait à une grande beauté, cela dit sans aucun parti pris, une carrière qui lui aurait permis d'améliorer considérablement l'état de ses finances et lui aurait ouvert les portes du grand monde et autres opportunités dont j'aurais pu profiter), elle demeurait à présent silencieuse, le front dans ses deux mains, absorbée dans un rêve triste, tellement absorbée dans son rêve triste que ses plats brûlaient régulièrement lorsqu'elle faisait la cuisine, et que les pois chiches étaient à chaque fois changés en escarbilles, Montse ne s'avisant de leur calcination que lorsqu'une fumée épaisse avait envahi la pièce.

C'est pour maman que tu as du chagrin ? lui demanda un jour sa sœur Francisca, alertée par la répétition des plats carbonisés.

Montse se souvint tout à coup de sa mère à qui elle

n'avait donné aucun signe de vie en dépit de ses promesses.

Oui, dit-elle, éclatant en sanglots.

Francisca la prit dans ses bras, ce qui la fit pleurer deux fois plus fort. Et après dix bonnes minutes de larmes et de mots incompréhensibles bredouillés dans le cou de sa sœur, elle lui avoua qu'elle attendait un enfant et qu'elle n'avait plus qu'un seul recours : se suicider.

La solution du suicide une fois écartée (assez vite), Montse n'envisagea pas un instant de rester plus longtemps dans la ville. Un élan irrésistible, animal, la poussait à aller rejoindre sa mère, bien qu'elle sût pertinemment ce qui allait advenir : les lamentations sans fin, les prières lacrymales, les Dios mío, les Sainte Vierge de l'Enfant-Jésus, les qu'est-ce que les gens vont dire ?, etc.

Un gris après-midi d'octobre, six jours après que le général Millán Astray eut jeté à la face de Unamuno, recteur de l'Université de Salamanque, À MORT LES INTELLECTUELS, VIVE LA MORT, six jours, donc, après cet appel au meurtre qui allait devenir le cri de ralliement des nationaux, et deux mois pile après son départ si heureux vers la ville, Montse revint au village avec un enfant dans le ventre, un poste de radio dans son sac et la certitude, au fond d'elle-même, que les beaux jours d'été ne recommenceraient plus.

À l'instant où elle aperçut les premières maisons, une envie de pleurer enfantine lui étreignit la gorge. Elle se dit qu'une partie de sa vie s'achevait à ce moment précis, et qu'elle laissait derrière elle, à tout jamais, sa jeunesse et sa joie.

Elle eut l'impression qu'elle avait quitté le village depuis longtemps, longtemps, dans une autre histoire, dans une autre vie.

Elle le trouva austère, triste au dernier degré, et si désert qu'elle eut le sentiment que sa présence y était, de ce fait, affreusement visible, exorbitante, et que derrière les persiennes toutes les commères l'observaient.

Elle descendit la rue en pente qui menait à la maison familiale, poussa la porte de l'écurie, monta lentement l'escalier, entra dans le salon qui lui sembla d'une laideur désespérante avec son buffet minable et le crucifix de bois accroché au-dessus (crucifix, notons-le, que sa mère avait refusé d'enlever, faisant céder pour une fois son époux et son fils, l'un et l'autre considérant avec magnanimité que son entêtement était un caprice de bonne femme à la conscience politique sous-développée, mais qu'il valait mieux ne point contrarier), et elle se dit qu'elle revenait dans sa maison natale avec une âme d'étrangère.

154

La mère jaillit de la cuisine et se jeta à son cou, Hija de mi alma déjame que te mire ! Et elle contempla longuement Montse, qu'elle avait vue partir adolescente ingrate et qu'elle retrouvait jeune femme épanouie (surtout du ventre, dit ma mère en riant). Comme tu as changé ! Comme tu es belle !

En revanche, José, de retour des champs, n'eut pas l'air heureux de la revoir et lui demanda brutalement la cause de sa venue. C'est qu'on n'a qu'une mère, balbutia Montse. Une de trop ! s'exclama José. Tu vas te taire ! dit la mère, qui fit mine de s'enlever une sandale et de la lui jeter à la figure. Et Montse constata que son frère et sa mère avaient repris leurs habitudes de vieux couple, et ce constat, sans qu'elle sût pourquoi, lui apporta un peu de réconfort.

Le lendemain matin, Montse, qui n'avait pas dormi une seconde, qui s'était demandé toute la nuit comment et quand informer sa mère de sa grossesse, se décida à passer aux aveux. À peine levée, elle annonça, tout à trac, qu'elle attendait un enfant dont le père était mort au combat, cette version des faits lui paraissant plus noble et admissible que la simple vérité.

Se produisit alors exactement ce qu'elle redoutait. Sa mère fondit en vibrantes lamentations : qu'elle jetait le déshonneur sur la famille, qu'elle salissait leur nom et leur réputation, que c'était la plus grande honte de sa vie, qu'on allait les montrer du doigt, qu'on allait

les traîner dans la boue, que si la chose s'ébruitait,
son père la tuerait
Je n'attends que ça ! répondit Montse du tac au tac
et le visage dur.
Ce qui mit fin aux jérémiades, mais non aux soupirs
éplorés, aux mines morfondues, aux exhortations ité-
ratives de ne surtout pas divulguer la chose, et aux
prières ferventes à Jésus et à la Sainte Vierge, qui
l'aideraient à trouver le secours salvateur (le secours,
en vérité, viendrait d'une rencontre bien terrestre,
mais ne dévoilons rien avant l'heure).

Bernanos, de son côté, n'en finissait pas de méditer
sur les événements d'Espagne, qui resteraient présents
à son esprit jusqu'à la fin de ses jours et marqueraient
à tout jamais sa pensée et sa foi.
Les infamies de l'Église qui l'avaient glacé d'horreur,
son cynisme, ses froides spéculations, sa prudence
sénile l'amenaient paradoxalement à affirmer son
amour du Christ avec une passion redoublée.
Mais son Christ à lui n'était pas celui, magique, de
la mère de Montse, ni celui vindicatif et porté à voir
le mal partout de doña Pura, encore moins celui,
potentesque, de l'évêque-archevêque de Palma.
Son Christ à lui était simplement celui des Évangiles,
celui qui secourait les mendiants, pardonnait aux
larrons, bénissait les prostituées et tous les humbles

et tous les déclassés et tous les va-nu-pieds chers à son cœur. Il était celui qui disait au jeune homme riche : Va, vends tes biens et donne-les aux pauvres. Il suffisait, bon sang, de lire les Évangiles ! Celui qui vomissait ceux-là qui parlent et ne font pas, ceux-là qui mettent de lourds fardeaux sur les épaules des autres alors qu'eux-mêmes se prélassent. Il suffisait d'ouvrir les Évangiles à n'importe quelle page ! Celui qui méprisait les vaines grandeurs et réservait ses foudres aux personnages en vue qui allaient bâfrer chez les puissants et fondaient de plaisir en s'entendant appeler maîtres.

Le Christ de Bernanos était assez proche, étonnamment, du Christ fraternel de Pier Paolo Pasolini, lequel voyait en la figure de Jésus et en ceux qui l'escortaient, sans foyers ni tombeaux, les pauvres réfugiés des drames d'aujourd'hui.

Il était celui qui n'avait pas été mis en croix par les communistes ni par les sacrilèges, soulignait Bernanos avec sa mordante ironie, « mais par des prêtres opulents approuvés sans réserve par la grande bourgeoisie et les intellectuels de l'époque qu'on appelait des scribes ».

Fallait-il donc redire ces vérités premières aux prélats espagnols et à leurs dévots ?

Et que faisaient ces dévots de la grâce de Dieu qui ouvrait à deux battants les portes de l'amour ? Ne devait-elle pas rayonner d'eux comme d'une ampoule électrique ? Où diable ces dissimulés cachaient-ils donc leur joie d'aimer les misérables ?

Fallait-il leur répéter, en leur sonnant les cloches, que le Christ avait été un pauvre parmi les pauvres, comme plus tard le Poverello, qui annonça, sur les routes de l'Ombrie, le règne de la pauvreté. Mais « les dévots sont gens malins. Aussi longtemps que le Saint s'est promené à travers le monde aux côtés de la Sainte Pauvreté qu'il appelait sa dame, ils n'osaient encore trop rien en dire. Mais le Saint une fois mort, que voulez-vous ? ils se sont trouvés tellement occupés à l'honorer que la Pauvreté s'est perdue dans la foule en fête... La canaille dorée ou pourprée avait eu chaud. Ouf ! »

Aucune imposture aux yeux de Bernanos n'égalait celle-ci.

Il serait accusé, pour l'avoir écrit, de faire le jeu des communistes contre les nationaux que ses anciens amis soutenaient.

De retour au village, il ne fallut pas deux jours à Montse pour constater que l'air y était encore plus irrespirable qu'elle ne l'avait appréhendé. Au tumulte joyeux de juillet avait succédé un climat de méfiance qui imprégnait tous les rapports et jusqu'aux plus intimes, quelque chose d'impalpable, quelque chose de mauvais et de délétère qui imprégnait l'air, qui imprégnait les murs, qui imprégnait les champs, qui imprégnait les arbres, qui imprégnait le ciel et toute la terre.

Et elle qui avait ressenti de façon si intense le bonheur d'être libre, elle retrouva l'enfer des étroitesses. Elle pensa que le contrôle de tous par tous qui s'exerçait depuis toujours dans le village, mais à présent avec fureur, la ferait dépérir. Elle pensa que, quand bien même elle passerait ici sa vie entière, elle ne s'acclimaterait jamais plus aux commérages poussés à de telles extrémités que le seul fait pour une jeune fille d'allumer une cigarette était commenté des semaines entières, ainsi que les maladies dites de femmes, maladies dont les organes affectés n'étaient jamais nommés, leur simple prononciation étant jugée inconvenante sinon franchement obscène.

Elle apprit de la bouche de Rosita que la plus grande partie des villageois s'étaient ralliés à Diego et que les affrontements étaient devenus si violents entre lui et son frère que certains prédisaient des actes irréparables.

C'est qu'il n'y avait, entre ces deux-là, rien qui pût les concilier.

Ma mère : Eran la noche y el día.

L'un était aussi jeune que l'autre vieux, si les mots jeunesse et vieillesse ont un autre sens que biologique.

L'un était fougueux, irréfléchi, rapide, tout en nerfs, fragile et chevaleresque. L'autre était calme, ou plutôt animé d'une volonté de contrôle sur les événements et sur lui-même, qui lui faisait mesurer chaque geste et peser, soupeser, évaluer et calculer chaque décision (ma mère : je sens que je suis injuste. Je sens que je vais être injuste). Sa sensibilité rendait José vulnérable, plus vulnérable que quiconque, elle l'écorchait. Elle endurcissait Diego, le blasait, le blindait. José avait un savoir qui ne lui venait ni de l'enseignement scolaire ni d'un legs familial, mais qui tirait un profit extraordinaire des rares lectures faites au hasard et dans les journaux qu'il dénichait. Diego mobilisait toujours son intelligence contre quelque chose ou contre quelqu'un, et rejetait violemment le savoir paternel, lequel, disait-il, ne servait qu'à renforcer son arrogance de caste (ma mère : je crois que je suis injuste). L'un se cabrait devant les intrigues et les basses stratégies par lesquelles les politiciens, souvent, parviennent. L'autre, vieux d'expériences violentes en dépit de son jeune âge et méfiant des hommes, de tous les hommes sans exception, avançait prudemment, à pas comptés, sachant accepter les compromis nécessaires à ses lentes et précautionneuses menées. L'un incarnait la poésie du cœur, l'autre la prose du réel, dis-je, poussée par mon goût immodéré des citations.

160

Algo así, dit ma mère.

L'un s'enflammait pour les rêves utopiques qu'il avait entrevus à Lérima lorsque le ciel brûlait. L'autre, sans doute parce que toute assurance intime lui manquait, avait à cœur de se carrer sur des principes en ordre (l'ordre odieux des pions, disait José bien qu'il n'eût jamais lu Bernanos), des projets trapus et bien bornés et des idées bien rectangulaires. Et lorsque d'aventure il se trouvait en présence de José, il s'appliquait à exagérer, par une sorte d'orgueil à rebours, son côté terre à terre, lui envoyant dans les narines des considérations d'un pragmatisme consternant ou, muni du marteau du dogme, lui assénant à grands coups l'importance capitale du réalisme en politique (ce réalisme dont José, bien qu'il n'eût jamais lu Bernanos, disait qu'il était le bon sens des salauds).

Mais, secrètement, Diego (selon l'humble opinion de ma mère) enviait à José ses imprudences, sa radieuse beauté, les emballements imaginaires qui mettaient le feu à ses yeux et une puissance de désordre qu'il devinait en lui et qui à la fois le séduisait et l'atterrait. Diego était (toujours selon l'humble opinion de ma mère) jaloux de José, d'une jalousie trouble, énigmatique, sauvage, amoureuse peut-être, et dont il ne savait se défaire.

La suite des événements ne ferait que confirmer l'hypothèse maternelle.

Après avoir ressassé la honteuse, l'effroyable nouvelle de la grossesse, la mère, fin octobre, vint trouver Montse dans la chambre-grenier où elle passait ses jours, et lui annonça, réjouie, qu'elle avait un plan sur lequel, pour le moment, elle ne pouvait dire mot. Montse, le regard perdu, ne posa aucune question, ne demanda aucune explication, n'exprima aucune curiosité. À ce moment-là de sa vie, Montse ne pensait qu'à celui que ma sœur et moi appelons, depuis l'enfance, André Malraux. Elle ne pensait qu'à lui et se foutait du reste. Elle se foutait que les uns et les autres s'entretuassent, elle se foutait que Léon Blum refusât d'aider l'Espagne et que l'Angleterre, soucieuse de maintenir ce qui lui restait de puissance, agît mêmement, elle se foutait de ce qui mettait son frère au désespoir, à savoir que le gouvernement espagnol se voyait, de surcroît, interdit d'acheter des armes aux compagnies privées et contraint par ce fait de se jeter dans les bras de l'URSS, seule à accepter l'or espagnol en échange de matériel de guerre. Toutes ces choses (dit ma mère) étaient le cadeau de mes soucis et je m'en tamponnais l'œil, si j'ose dire.
Une semaine après l'annonce énigmatique de sa mère, et alors qu'elle cassait dans le grenier les coques des noisettes, les fracassant à grands coups de pierre comme si elle trouvait là un exutoire à son chagrin,

elle entendit frapper à la porte d'entrée et sa mère descendre les escaliers à toute vitesse, puis les remonter, suivie de Diego en personne.

Montse fut si surprise qu'elle ne put, dans un premier temps, articuler un mot.

Mais Diego, qui n'avait jamais osé lui adresser la parole, ni même l'approcher ou furtivement la frôler lors de la jota du dimanche, lui déclara qu'il était très heureux de la revoir ici, en train de casser des noisettes, plutôt qu'à la ville où les choses, dit-il, étaient en train de tourner vinaigre. Et Montse reprit lentement ses esprits.

Elle trouva que Diego avait changé.

Son visage lui sembla moins muré, moins dur, moins buté, et sa timidité moins paralysante, bien qu'à sa vue une rougeur se fût répandue sur ses joues.

Ils échangèrent des platitudes tandis que la mère les abandonnait un instant pour aller chercher l'eau-de-vie à la cuisine.

Profitant de cette absence, Montse se mit à penser très vite, très intensément, et tout à coup, avant même de savoir ce qui allait sortir de sa bouche, elle demanda à Diego s'il savait.

Diego comprit immédiatement quelle était la chose qu'il était censé savoir. Il dit oui. Il rougit. Ils se turent.

Montse, soulagée, changea de conversation et s'enquit

163

des derniers communiqués de la guerre qu'il était le premier dans le village à recevoir.

Franco dans son immense mansuétude a donné l'ordre à Yagüe, le boucher de Badajoz où il a exécuté quatre mille rouges, d'interdire la castration des prisonniers, les éventrations et décapitations restant à ce jour les seules tortures autorisées. Mais nous tenons toujours Madrid, dit Diego, qui éprouvait de la fierté à se montrer renseigné non par des on-dit fantaisistes mais par des communiqués officiels et des paroles non moins officielles qui lui arrivaient par le truchement du téléphone avec un avantage de deux ou trois jours sur les rumeurs véhiculées dans le village. Diego disait nous, nos soldats, notre guerre, nos difficultés, nos chances de victoire, comme s'ils étaient ses choses personnelles. Et Montse s'en agaça légèrement.

Après cette brève rencontre que l'ambassade zélée de sa mère avait ourdie par on ne sait quelles ruses et on ne sait quels stratagèmes, Montse passa des nuits et des nuits sans trouver le sommeil.

Devait-elle acquiescer au désir de sa mère ? consentir au mariage ? puisque c'est bien de mariage qu'il s'agissait, quoique ni elle ni Diego n'en eussent dit un mot.

Devait-elle accepter d'épouser un homme pour qui elle n'éprouvait nulle attirance, un homme qui ne l'avait jamais touchée si ce n'est des yeux, un homme au visage sévère et à la chevelure couleur queue de vache, un homme dont les discours qu'il martelait en public étaient faits d'un langage carré qui l'angoissait, elle n'aurait su dire pourquoi, un langage où les mots efficacité et organisation sortaient de sa bouche comme d'un pistolet. J'exagère, dit ma mère, mais tu comprends ?

Devait-elle consentir à ce mariage alors qu'elle aurait donné toute sa vie pour que le Français lui revînt ?

Car à ce moment-là, Montse nourrissait encore l'espoir déraisonnable que, retour du front, le Français la retrouverait, l'arracherait à son village, et l'emporterait dans son pays pour commencer des jours heureux avec leur petit enfant.

Elle pensait à lui la nuit comme le jour. Elle pensait à cet homme adoré qu'elle n'avait pas eu le temps de connaître tant les circonstances les avaient pris de court, et dont elle ne possédait même pas une photo. Elle pensait à cet homme dont elle ignorait l'enfance, les goûts, les faiblesses, les rencontres qui avaient fait de lui ce qu'il était, cet homme dont elle ignorait presque tout, dont elle ignorait jusqu'au nom de famille, et dont il lui était impossible, par conséquent, de retrouver la trace quand bien même elle y mettrait l'acharnement d'un détective, mais un homme dont elle savait qu'il lui était destiné et qu'elle aimait d'un amour égal au chagrin qui la dévastait. Elle revoyait constamment son visage penché sur le sien, elle revoyait ses yeux où elle se réfugiait, sa mèche sur le front qu'il relevait d'un coup de tête, et la cicatrice en étoile creusée sur sa joue gauche et sur laquelle elle avait posé le plus doux des baisers. Et son absence lui dévorait le cœur.

Elle était si occupée de son amour qu'elle ne percevait pas le froid du grenier ni les premiers soubresauts de l'enfant qu'elle portait. Elle eut même parfois le sentiment halluciné que son amant était là, tout près d'elle, pendant quelques secondes, avant de s'évanouir. Les jours passaient et Montse gardait encore, mais de plus en plus faiblement, l'espoir qu'André Malraux surgirait un jour et la sauverait de cette existence. Fasse le ciel qu'il revienne, murmurait-elle, tandis que son intelligence décrétait sévèrement la folie d'un tel souhait.

Elle vécut trois mois dans cette attente désespérée, trois mois pendant lesquels sa mère lui injecta goutte à goutte l'imperceptible poison du chantage au malheur. Elle pensa que si le Français ne la retrouvait pas, elle mourrait.

Mais son ventre grossissait, le tas des coques augmentait, le Français ne donnait pas signe, et cependant elle survivait.

166

Un jour, elle finit par admettre que le Français ne reviendrait jamais. Espérance morte. Hormis en rêve. Car j'ai rêvé de lui, ma chérie, pendant des années et des années.

Elle envisagea alors quatre solutions :

Ou bien elle se suicidait en sautant dans la basse-cour depuis le vasistas du grenier.

Ou bien elle se décidait à vivre en fille-mère, comme on disait alors, c'est-à-dire telle una desgraciada, en charge d'un enfant desgraciado et qu'on traiterait de bâtard (l'idée soufflée par Rosita de faire croire à tout le village que l'enfant avait été conçu sans intervention masculine, opération encore appelée parthénogenèse dans les traités scientifiques ou opération du Saint-Esprit dans les traités catholiques, lui paraissant difficilement défendable).

Ou bien elle s'enfuyait pour aller à la ville, accouchait n'importe où, trouvait n'importe quel travail et plaçait son bébé auprès de n'importe quelle nourrice.

Ou bien elle acceptait de se marier : malheur moins cruel et sans doute plus tolérable que les malheurs précédemment envisagés.

Ce fut cette dernière solution que son désir de vivre envers et contre tout, et la lente pression exercée par sa mère, la poussèrent à accepter.

Un jour, donc, après des centaines d'empoignades

avec sa conscience et son cœur, elle ravala ses larmes, et consentit au mariage qu'il fallait bien appeler un mariage arrangé.

Elle consentit au mariage, c'est-à-dire à un nom, à une position assurée et à un certificat d'honorabilité, contre lesquels elle échangeait sa brève jeunesse et ses espoirs d'amour.

Sa mère cria de joie. Grâce à l'aide du Seigneur Tout-Puissant (remarquablement soutenu, en l'occurrence, par ses menées très clandestines, mais pas un mot sur le sujet !), sa fille allait convoler en justes noces avec un señorito ! Sa fille, Dieu soit loué, allait entrer dans une famille dont le train de vie était envié de tous ! Qué suerte ! Qué felicidad !

Avec un homme laid, la refroidit Montse.

Les hommes n'ont pas à être beaux, rétorqua la mère.

Ils ont à être quoi ?

A ser hombre y nada más.

Voilà qui fermait le débat.

La mère de Montse, dont toutes les fibres maternelles frémissaient d'orgueil à l'idée que sa fille allait faire partie désormais de la classe des nantis et fréquenter, grâce au ciel, gente de calidad, annonça fièrement la bonne nouvelle à ses voisines qui s'exclamèrent en chœur :

Quelle chance !

Elle est vernie !

Elle va manquer de rien !
Elle est parée pour l'avenir !
Elle est tombée sur le bon numéro !
Enthousiasme vite tempéré, dès que la mère de Montse eut tourné les talons, chacune y allant de son commentaire :
La pauvre petite va s'en voir !
Avec ce dragon de doña Pura, je la plains !
Et la doña Sol, malheureuse comme les pierres !
Dans cette maison froide comme un tombeau, merci !
Moi je dis qu'il vaut mieux être pauvre et heureux que riche et malheureux !
Opinion approuvée par les voisines au grand complet.

Je ne sais pourquoi, ces remarques rapportées par ma mère résonnent avec cette phrase de Bernanos que j'ai lue ce matin même et qui disait, je la cite de mémoire, que les hommes d'argent méprisent ceux qui les servent par conviction ou par sottise, car ils ne se croient réellement défendus que par les corrompus et ne mettent leur confiance que dans les corrompus.
Mais à y réfléchir, il m'apparaît clairement que c'est mon présent que cette phrase interroge. Je m'avise du reste, chaque jour davantage, que mon intérêt passionné pour les récits de ma mère et celui de Bernanos tient pour l'essentiel aux échos qu'ils éveillent dans ma vie d'aujourd'hui.

169

Revenons à Montse, pour qui le plus difficile restait à faire : informer José de son mariage.

Or José, depuis son retour, n'avait qu'une idée en tête : tenter de barrer la route à la politique de Diego, qui jouait à fond la carte stalinienne. Lui barrer la route dans la mesure de ses moyens. Mais ses moyens étaient faibles, il était bien forcé de le reconnaître. Et dans la balance, ceux de Diego, largement, l'emportaient. Comme alliés, il ne pouvait compter que sur Juan. C'était peu. Restait une seule issue, jouer les trouble-fête, autrement dit marcher sur les mains, autrement dit refuser de marcher dans les combines de Diego. Lui coller une bonne raclée constituait une option subsidiaire. Il ne l'écartait pas.

José nourrissait pour l'autorité, pour le sectarisme, pour la prudence et pour la rigidité que Diego incarnait, un mépris profond, un mépris organique, un mépris incoercible qui l'amenait à se livrer à des impertinences dès qu'il était à son contact. Imiter des caquètements pendant les réunions que Diego organisait, faire les cornes du diable en chantant *rumba la rumba la rumba la*, ou lever le doigt à la manière d'un écolier pour déclarer Avant tout effort intellectuel, un conseil, mangez du perroquet ! le jetaient dans des joies enfantines que les villageois, vigoureusement, réprouvaient.

Et Diego ne supportait pas ces accrocs portés à sa mâle autorité, qui le blessaient bien davantage que de sérieuses et très argumentées mises en cause. Aussi personne ne fut surpris lorsque survinrent les tragiques événements de décembre. Mais pour que tu comprendes bien l'encadènement des faits (me dit ma mère), il faut que tu sais que la violence qui existait entre Diego et José remontait aux années de leur enfance, que je vais te conter dans une fourmilière de détails.

Lorsque Diego arriva dans sa famille en 1924 (il avait sept ans), don Jaime tint à ce qu'il fût scolarisé dans l'école du village. Croyant bien faire, doña Sol, éprise de chic anglais, l'affubla le jour de la rentrée d'un blazer mi-saison croisé bleu marine, coupe parfaite, boutons dorés et blason sur la poche représentant une couronne sous laquelle se prélassaient deux lions. Ce vêtement d'une élégance incongrue suscita d'emblée l'animosité des garçons de sa classe, tous mal fagotés, rapetassés et d'une propreté douteuse. Et pendant la récréation, José, qui faisait déjà figure de chef, l'exclut brutalement du jeu de billes au motif que le señorito risquait de salir son costume de carnaval.

Diego en conçut une blessure d'amour-propre dont il devait se souvenir toute la vie, une blessure qui viendrait raviver avec le temps la mémoire de toutes celles qu'il avait endurées lors des premières années. Dès lors, il s'isola dans une tour d'orgueil, refusa de se mêler aux jeux de ceux qui l'avaient mortifié, préférant rester seul lors des récréations que risquer d'être malmené par le groupe, car il avait appris dès sa plus tendre enfance, tendre n'est pas le mot, dès sa petite enfance, à offrir le moins de prises possible aux chagrins et aux humiliations.

Quant à José, il continua d'exercer implacablement sa cruauté, de le chasser des jeux de billes, de l'appeler chiquita, ou señorita ou la crevette, de se moquer de ses cheveux carotte, et de lui marquer son mépris de mille et mille façons. Et bien qu'il n'eût aucune raison sérieuse de le haïr, il resta rivé à son aversion, qui n'était pas une aversion de ce que Diego était foncièrement, mais de ce qu'il personnifiait sans le vouloir, et peut-être, à cette époque, sans le savoir : l'appartenance à cette classe arrogante de nantis qui ne voulaient rien lâcher de leurs énormes privilèges et que José, d'instinct, haïssait.

Résultats : des bagarres violentes à coups de poing et de galoche entre les deux, au moindre prétexte, et souvent s'en passant. Et à chaque fois : la stupeur de José devant la brutalité sauvage des coups et la détermination féroce de Diego que ne laissaient présager ni son teint pâle, ni ses fesses maigres, ni ses épaules en porte-manteau. Si bien que José se persuada, à la longue, qu'un jour, Diego, avec cette fureur froide, fanatique, cette méchanceté qui lui venait d'on ne sait où, et cette volonté forcenée de vaincre qu'il manifestait lorsqu'ils s'étreignaient en roulant sur le sol de la cour, parviendrait d'une manière ou d'une autre à ses fins.

Accoutumé à surmonter ses chagrins sans l'aide de quiconque, Diego ne confia pas un mot à ses parents du triste sort scolaire qu'on lui faisait subir, et ne laissa rien paraître des vexations qu'il endurait. Mais il refusa violemment de se déguiser en communiant et se fit chaque jour de plus en plus taciturne et de plus en plus agressif à l'endroit de ses parents, et particulièrement envers celle qu'il appelait, à part lui, sa marâtre.

Privé de camarades, Diego traînait sa solitude dans la sombre et froide maison des Burgos en compagnie des petits chars d'assaut et des petits soldats de plomb que son père lui offrait, et c'est dans cette sombre et froide solitude qu'il affermit cette position de distance ombrageuse vis-à-vis des siens, qu'il devait conserver toute sa vie.

À l'adolescence, Diego se mit à rechercher le contact des garçons de son âge et, curieusement, le contact de José. C'est qu'à l'époque, tous les adolescents recherchaient le contact de José, tous voulaient lui

173

ressembler, tous voulaient marcher sur les mains comme lui (marcher sur les mains, c'est ce qu'il proposerait en quelque sorte aux paysans de son village en juillet 1936), tous essayaient de singer sa façon de s'habiller (mal) et de se coiffer (mal), tous essayaient de singer sa rétivité naturelle, sa rétivité biologique, sa rétivité épidermique à l'autorité des adultes, tous essayaient de singer son insolence devant le curé don Miguel qui voulait le priver de la communion solennelle, et tous essayaient de singer son ironie mordante et le tranchant de ses discours contre ce village arriéré, contre ces paysans arriérés, et contre son connard de père qui se pissait dessus devant ce dégénéré de Burgos qui jouait, impudemment, les petits marquis.

Diego rechercha sa compagnie, tenta de l'approcher sous de spécieux prétextes, voulut forcer son amitié et lui fit, en quelque sorte, des avances.

Mais il se heurta à l'intransigeance abrupte, inébranlable de José, dont l'orgueil, exalté par la pauvreté de ses origines, l'amenait à adopter devant Diego une commisération méprisante, quand ce n'était pas le rejet le plus injuste et le plus grossier.

Diego en fut profondément blessé. Et peut-être son adhésion au Parti fut-elle pour lui l'occasion de prouver à José qu'il se trompait sur sa personne.

Mais lorsque la guerre éclata, cette adhésion ne fit

au contraire qu'aggraver leurs dissensions. Et ce qui n'avait été entre eux qu'une inimitié somme toute banale, enfantine, acharnée mais sans conséquence grave, se mua avec la guerre en haine politique, la plus féroce de toutes les haines, et la plus folle. Si bien qu'en novembre 36, il ne s'agissait plus, pour chacun, que de penser et d'agir contre l'autre.

D'un côté, José affirmait préférer mille fois le chaos et la fragilité de ce qui naît, à cet ordre monstrueux instauré par les bolcheviques et accepté par Diego sans dégoût ni révolte. Il continuait à défendre l'idée de collectifs agraires, à clamer sa confiance en la colonne Durruti, et à s'emporter contre Staline dont les promesses d'envoyer des armes aux milices libertaires dès qu'elles consentiraient à se militariser n'étaient à ses yeux qu'un infâme chantage.
De l'autre, Diego incarnait l'Ordre, l'Institution, le soutien à l'armée régulière et l'adhésion sans réserve à l'Union soviétique. Depuis qu'il avait investi la mairie, il se livrait, entre autres augustes besognes, à la rédaction hebdomadaire de rapports qu'il destinait aux hautes instances. Car il s'était pris d'amour pour l'écriture de ses rapports, allant parfois, tant était violente sa passion paperassière, allant parfois jusqu'à en rédiger plusieurs dans la même journée, rapports où il notait que le village restait calme grâce au bon

sens inné des paysans natifs du coin, et ce en dépit des menaces que faisaient peser sur eux une petite bande d'agitateurs bien connus, notations complétées d'une foule de détails aussi anodins qu'inutiles concernant ces derniers : horaires, déplacements, vêtures, facéties, paroles rapportées, boissons ingurgitées, etc. Il fignolait avec la même minutie les bulletins de propagande, n'hésitant pas à pourfendre les comploteurs à la solde de l'ennemi, et organisait méticuleusement des campagnes dites d'alphabétisation, lesquelles consistaient à convoquer les populations paysannes dans une salle de la mairie pour : premièrement, leur vanter l'organisation des milices communistes modèles de cohésion et de discipline, et deuxièmement, les prévenir du danger que faisaient peser sur elles les fauteurs de désordre, tu m'as compris.

Inutile de préciser que les paysans présents, normalement prudents, normalement lâches et normalement lèche-cul, se sentaient quelque peu contraints d'applaudir. Le temor et l'obédissance masqués en temps de paix se font plus visibles en temps de guerre, commente ma mère philosophe. Il fallait voir comment on acclamait le maréchal Putain dans les premières années de mon tourisme en France excuse l'humour (allusion aux pérégrinations des années 39-40 au cours desquelles ma mère et Lunita voguèrent de camp de concentration en camp d'internement, pour le plus

grand profit de leur savoir géographique, pérégrinations dont ma mère gardait encore, exceptionnelle-
ment, le souvenir).

Afin d'asseoir son pouvoir, Diego s'appliqua à prononcer les mots Patria et Pueblo avec solennité, hous-
pilla pour des riens Carmen la secrétaire de mairie,
coupa fièrement le ruban inaugural de la cantine,
contrôla avec un soin policier l'épaisseur de la peau
des patates épluchées par Rosita pour les repas des
enfants, donna de péremptoires instructions aux quatre
jeunes qui s'étaient mis à son service, impatients de se
soumettre à la domination d'un autre que leur père,
leur commanda de faire des choses aussi vaines que
de compter les clients du café de Bendición, décréta
la suppression des fêtes religieuses au grand dam de
sa tante qui en eut des étourdissements, remplaça le
Jour des Rois par la Journée des Enfants, convoqua
tel et tel pour obtenir des précisions sur l'emploi de
leur temps et vérifier qu'ils montraient patte blanche,
et prit l'habitude de poser en évidence sur son bureau
un pistolet Ruby rutilant qui invitait assez peu au
dialogue.

Depuis qu'il avait pris ses fonctions, Diego semblait
habité par quelque chose d'implacable, de froid, d'hostile, qui finissait par susciter dans la population une
forme de crainte.

José était l'un des seuls à ne pas se laisser démonter

par ses façons martiales, ni par son pétard exhibé, ni par ses bottes surastiquées, ni par sa bouche d'où les mots giclaient par rafales. L'un des seuls à marquer par son attitude, lorsqu'il se rendait à la mairie pour téléphoner à sa sœur Francisca, qu'il venait chercher des nouvelles et non ses ordres. Car mon frère, ma chérie, n'était pas un..., couard dis-je, tu me fais rire avec tes mots increíbles, me dit ma mère.

Diego le recevait avec une froideur calculée, ou plutôt avec cette exaltation froide qui lui semblait sans doute être le propre des chefs, s'exprimait en phrases lapidaires comme il croyait que s'expriment les chefs, et faisait montre de qualités qu'il pensait être des qualités inhérentes aux chefs : l'impatience, le laconisme et une humeur chroniquement atrabilaire.

Installé dans le bureau de l'ancien maire, où il avait fait accrocher un portrait géant de Staline, il semblait, en dépit des dehors redoutables qu'il s'évertuait à se donner, il semblait éprouver une certaine jouissance à décrocher le téléphone (son orgasme bureaucratique, disait José, me dit ma mère), la mairie étant le seul endroit du village relié à un central téléphonique, et l'usage du téléphone : un signe irréfutable de puissance.

À ce moment-là (on était en octobre 36 et le mariage avec Montse n'était pas à l'ordre du jour), ses rapports avec José avaient atteint un niveau de violence qui faisait dire à certains Tout ça finira mal.

Un matin de novembre où tous deux déjeunaient dans la cuisine de tomates et de poivrons grillés, Montse se décida à informer José qu'elle allait se marier.
José.
Oui ?
Je dois te dire quelque chose.
Mais parle, qu'est-ce qui te prend ?
C'est quelque chose qui va te fâcher.
J'adore me fâcher.
Je vais épouser Diego.
Elle est bien bonne ! s'exclama José sans croire à ce qu'elle lui disait.
Puis, riant : Te conozco bacalao aunque vengas disfrazao.
Mais devant le visage de sa sœur qui demeurait grave, José, soudain rembruni,
Ne me dis pas que c'est sérieux ?
Et comme Montse approuvait d'un air embarrassé,
Mais c'est monstrueux, se mit-il à hurler. Tu vas t'enterrer avec le rouquin ? Avec ce cabrón ?
Il était blême.
Ce stalinien de merde ?
Lui-même, dit Montse en souriant, pour détendre l'atmosphère, d'un petit sourire qui lui crispa le coin

de la bouche, mais qui porta à son comble la colère de son frère

Cette merde vivante, hurla-t-il, ce traître, ce fils de pute, ce figurín.

Il était hors de lui, ses mains tremblaient, les veines de son cou s'enflaient, son visage était rouge.

Ce salaud n'en veut qu'à ton cul, hurla-t-il, c'est une ordure. Il a un carnet de comptable à la place du cœur, hurla-t-il (cette phrase injuste, qu'il jetait sous le coup de l'indignation, resterait longtemps dans l'esprit de Montse).

Je te prie de ne pas tout gâcher, dit la mère.

Qui gâche tout ? vociféra-t-il. C'est moi ou vos saumâtres combines ?

Diego est un garçon sérieux, plaida faiblement la mère dans l'espoir de désamorcer les fureurs de son fils. Il a bon fond.

Ça le déchaîna.

Cet hijo de puta incarne ce que je déteste le plus au monde, hurla-t-il. Tout ce qui est beau il le tue, la révolution il l'a tuée, et ma sœur il la tuera, il la tuera, il la tuera.

La mère, très pâle, invoqua alors un impératif catégorique : Ta sœur doit se marier, c'est comme ça, un point c'est tout.

Sincères condoléances ! s'exclama José dans un rire effrayant.

Montse, à ces mots, fondit en larmes et tenta de s'enfuir.

José la retint brutalement par la manche :

Tu pleures d'avoir à te vendre comme une pute au plus offrant ? lui dit-il. Tu as raison : c'est abject.

Ne parle pas comme ça à ta sœur ! commanda la mère, bouleversée.

Vous, la maquerelle, pas de morale ! hurla-t-il.

La mère fila à la cuisine.

Montse courut se réfugier dans son grenier, et se jeta sur le lit secouée de sanglots.

José, resté seul, donna libre cours à sa rage. Il se parlait à lui-même, comme un dément. Il se disait qu'il vomissait le mariage, cette putasserie légalisée, il vomissait le mariage qui permettait à n'importe quel cabrón de se payer n'importe quelle fille pour en faire sa pute, qui permettait à la dernière ordure humaine de s'offrir légalement une bonniche, une bonniche bénévole et, qui plus est, garantie à vie, au moins quand t'es aux ordres d'un patron t'es payé, putain, ça me rend dingue cette histoire, ça me rend dingue. Il soliloqua encore un bon moment en arpentant la pièce que sa mère appelait abusivement le salon, donna un violent coup de pied à une chaise qui avait le tort de se trouver sur sa route, hurla Me cago en Dios à en faire trembler les murs, dégringola quatre à quatre les escaliers de la maison, grimpa la calle del Sepulcro en maugréant je ne sais quoi, déboula à bout de souffle chez son ami Juan qui lisait un journal, s'en prit à ce dernier qui ne levait pas son nez de la page, puis s'en prit à son frère Enrique Tu veux ma photo !, puis à sa maquerelle de mère (qui n'était pas là pour lui répondre), puis à Franco, puis à Mola, puis à Sanjurjo, puis à Millán Astray, puis à Queipo de Llano, puis à Manuel Fal Conde, puis à Juan March, puis à Hitler, puis à Mussolini, puis à Léon Blum, puis à Chamberlain, puis à l'Europe entière, puis au salopard intégral qui avait pour nom : Diego Burgos Obregón.

Donne-moi une bière, Juan, por favor, avant que j'aille buter cette ordure.

À Palma de Majorque, rien ne révoltait plus.

Devant les meurtres par milliers, devant la barbarie effroyable, devant les tracasseries écœurantes imposées aux familles des exécutés, devant l'interdiction abjecte faite aux épouses de porter le deuil des fusillés, la population majorquine restait comme hébétée.

Il faudrait bien des pages, écrivit Bernanos, pour faire comprendre qu'à la longue, ces faits, qui n'étaient mis en doute par personne, ne soulevaient plus aucune réaction. « La raison, l'honneur les désavouaient ; la sensibilité restait engourdie, frappée de stupeur. Un

égal fatalisme réconciliait dans le même hébétement
les victimes et les bourreaux ».

Bernanos découvrait, le cœur défait, que lorsque
la peur gouverne, lorsque les mots sont épouvan-
tés, lorsque les émotions sont sous surveillance, un
calme, hurlant, immobile s'installe, dont les maîtres
du moment se félicitent.

Le 10 novembre, une rencontre eut lieu entre les
parents de Montse et ceux de Diego. Il s'agissait de
fixer la date des noces et de décider de la dot (ma
mère : la mienne très rachitique) ainsi que du contrat
qui lierait les époux (que le père signa d'une croix).
Montse, ce jour-là, fut au supplice. Non pas tant par
la perspective de sceller définitivement son destin,
comme on eût pu le croire, que par la vision de ses
parents si gourds, si timides et si empruntés dans le
salon luxueux des Burgos.

Son père avait posé son béret sur ses genoux, décou-
vrant un front blanc qu'une ligne nette séparait de
la peau hâlée de son visage, et il restait tout contrit
sur sa chaise, tout empoté, ses gros souliers brillants
posés l'un contre l'autre, le regard vacillant, désarmé,
chien battu, malgré les Mettez-vous à l'aise et les Pas
de manières entre nous réitérés de doña Sol. Quant
à sa mère, fluette, les yeux baissés, ses mains rouges

nouées dans le creux de sa jupe noire, elle s'essayait à disparaître et y parvenait presque.

Montse, silencieuse, regardait ses parents avec une méditative, une poignante intensité. Elle les regardait comme si elle les voyait pour la première fois. Et elle se disait en elle-même Comme ils ont l'air modeste ! Leur visage, leurs mains, surtout leurs mains, les mains rouges de sa mère abîmées par les lessives et l'eau de Javel, et les grosses mains calleuses de son père aux ongles noirs de terre, leurs mains abîmées, leurs gestes gauches, cette façon de s'exprimer en s'excusant, leurs petits rires étranglés, leur déférence excessive et leurs remerciements qui n'en finissaient pas, tout en eux reflétait la modestie de leur condition et l'héritage d'une pauvreté transmise intacte depuis des siècles.

Et la pensée lui vint qu'elle était exactement à leur image. La pensée lui vint qu'elle aurait beau, à l'avenir, se maquiller, se vêtir de robes coûteuses, se parer de bijoux précieux, apprendre les gestes de l'autorité en renvoyant les bonnes d'un revers de la main comme on chasse les mouches, elle garderait toute sa vie cet air modeste qui était un air intérieur, un air immaîtrisable, un air indélébile, un air qui autorisait tous les abus et toutes les humiliations, un air hérité d'une longue lignée de paysans pauvres, et son empreinte inscrite sur sa gueule et dans sa chair, une empreinte

laissée par les acceptations sans gloire, les renoncements sans prestige, les révoltes sans cris, et cette
conviction qu'on n'est sur terre que très peu de chose.
Elle se dit aussi au même moment qu'elle n'aurait pas
le courage à l'avenir de voir ses parents se tortiller
maladroits, gênés et honteux d'eux-mêmes, devant
l'assurance calme de ses beaux-parents, et qu'elle leur
éviterait autant que possible les rituelles réunions
qui, à Pâques et à Noël, tentent de réconcilier les
familles disparates.

L'avant-veille du mariage, le 21 novembre 1936 exactement, alors que Montse mettait la dernière main à
la confection de sa robe de mariée (blanche à fleurs
rouges, je l'ai gardée), José déboula dans la cuisine,
le visage défait,
Ils ont assassiné Durruti !
Durruti était son idéal, sa femme, sa littérature, son
besoin d'adorer, Durruti l'insoumis, Durruti le pur, le
guide, le généreux, Durruti qui attaquait des banques,
qui enlevait des juges, qui s'emparait du fourgon
rempli d'or de la Banque d'Espagne pour soutenir
les ouvriers grévistes de Saragosse, Durruti qui fut
emprisonné souvent, condamné à mort trois fois,
expulsé de huit pays, et que la mort, à présent, dotait
d'une stature de légende.
Tandis que José, hébété, répétait Ils l'ont assassiné,

comme si son intelligence se fût refusée à admettre la nouvelle que son cœur avait aussitôt intégrée, Montse ne put s'empêcher de penser qu'elle avait mis tant de passion à prier pour qu'un incident survînt avant son mariage, à souhaiter qu'une diversion, qu'un désastre, qu'un séisme aussi inouï que la révolution de juillet, la délivrât de sa promesse et déplaçât les voies de son destin, elle ne put s'empêcher de penser, disais-je, tout en trouvant la chose parfaitement absurde, qu'elle était en partie coupable de cette mort.

José se fit violence pour retenir ses larmes, puis, vaincu par l'émotion, il éclata en sanglots, comme un enfant.

Montse, qui ne se souvenait pas d'avoir vu pleurer son frère, se laissa gagner par sa tristesse. Et sa tristesse s'accrut lorsque José, abruptement, et comme pour faire un sort à son chagrin, pour le tromper, pour le vider, pour le ficher quelque part hors de lui, lui lança dans une fureur mouillée de larmes,

Et toi ne compte pas sur moi ! Hors de question que je me prête à la mascarade de ton mariage ! Je ne tiens pas à me salir avec le complice des assassins de Durruti !

Ce même jour où il apprit la mort de Durruti qu'il attribuait aux communistes, José, bouleversé, courut à la mairie.

Depuis qu'il avait rencontré Montse et que la promesse d'un mariage avec elle avait été rendue publique (nouvelle qui s'était répandue à la vitesse de la foudre), Diego se montrait plus clément aux dires des commères, lesquelles expliquaient ce changement d'humeur par les effets émollients bien connus de l'amour. Il se montrait, disaient-elles, plus clément envers tout un chacun, et avait même poussé sa clémence jusqu'à appeler devant témoins sa belle-mère doña Sol (qui n'en crut pas ses oreilles), mamita. Quant à celui qui allait devenir son beau-frère, Diego avait promis à Montse (lors d'une deuxième entrevue remanigancée par les soins maternels) de réviser son opinion le concernant, de passer l'éponge sur les atteintes à sa dignité dont il s'était rendu coupable, et de l'accueillir sinon chaleureusement, du moins de façon un peu moins inamicale.

Aussi, lorsque José, blême de rage, vint l'accuser à la mairie, en ce 21 novembre 1936, devant les quatre jeunes gens qui s'étaient mis à son service, d'être le complice abject des assassins de Durruti, Diego prit un air ennuyé et se garda de riposter comme tous attendaient qu'il le fît.

Le mariage fut célébré le lendemain. Sans José. Et j'allais dire, sans mariée. En tout cas, sans couronne de mariée, sans voile de mariée, sans bouquet de mariée, sans cortège de mariée, sans cloches de mariée, et sans petites filles déguisées en mariées. Ce fut une cérémonie qui n'eut de cérémonie que le nom, une cérémonie qui n'avait pas été précédée par les traditionnelles fiançailles, et qui ne serait pas suivie de la traditionnelle lune de miel, une cérémonie qui allait unir deux êtres qui ne s'étaient jamais véritablement parlé et encore moins courtisés comme on disait à l'époque, deux êtres qui s'étaient juste fait le serment de garder toute leur vie un même secret (Diego faisant jurer Montse qu'elle tairait au monde entier qu'il n'était pas le père de son enfant, et Montse le jurant sur la tête de sa mère tout en lui faisant remarquer que quiconque sachant compter sur ses doigts s'aviserait de leur mensonge), une cérémonie dont les formalités furent expédiées en cinq minutes par l'un des adjoints de Diego, qui les déclara unis par les liens du mariage, jusqu'à ce que la mort les sépare (adjonction introduite *in extremis* aux fins de contrebalancer le caractère sommaire de la célébration).

Diego avait refusé d'enfiler un costume, malgré les exhortations conjuguées de doña Sol et doña Pura. Il portait une vareuse en toile noire qui faisait flamber sa rousseur, et Montse remarqua, ce jour-là, qu'une bourre de poils roux lui obstruait ses oreilles.

Le père de Montse portait le complet noir qu'il avait

étrenné huit ans auparavant pour l'enterrement de sa belle-sœur, et qui sentait légèrement la naphtaline. L'oncle de Montse, que tout le monde appelait Tío Pep, exhibait le même modèle. La mère, qui avait rêvé d'un grand mariage avec tout le tralala et cachait mal sa déception, avait revêtu sa robe des grands jours en taffetas noir garnie d'une collerette blanche. Doña Pura s'était recouvert le visage d'une mantille (excellente initiative, dit ma mère). Quant à doña Sol et don Jaime, ils étaient comme à leur habitude d'une élégance parfaite.

Montse, qui s'était pliée à tout le protocole comme si une partie d'elle-même était absente, comme si une partie d'elle-même était agie, ou plutôt comme si une partie d'elle-même percevait tous les détails de l'événement sans pour autant qu'ils l'atteignissent, Montse se souvint qu'au moment de l'échange des anneaux, doña Sol avait été prise d'un malaise et qu'il avait fallu l'asseoir sur un banc, soulever sa voilette et lui tapoter les joues que pâlissait une sorte de réprobation rentrée. Elle se souvint aussi qu'à l'instant précis de dire Oui, elle avait été traversée par cette pensée folle : si le Français, retrouvant sa trace, venait un jour la chercher, elle devrait, pour le suivre, demander le divorce. Et elle eut honte de cette pensée.

Le repas de noces eut lieu dans la salle à manger des Burgos.

Don Jaime qui, depuis le début, n'avait rien laissé transparaître de ce qu'il pensait du mariage, qui n'avait émis aucune objection ni manifesté aucune réticence (à la différence de doña Sol qui avait eu, en l'apprenant, une attaque de nerfs), don Jaime que rien n'étonnait plus des bizarreries humaines et particulièrement des bizarreries de son fils, et qui semblait accepter cette mésalliance comme une bizarrerie supplémentaire, don Jaime fit déboucher le champagne et porta un toast pacifique aux jeunes mariés.

Les convives (dix en comptant les témoins) applaudirent puis se tournèrent vers le père de Montse en attendant qu'il fît de même. Mais celui-ci resta obstinément muet, les yeux baissés, ses grosses mains noueuses posées sur la table, une soudaine timidité l'empêchant de lancer la plaisanterie coquine qu'il avait préparée depuis le matin, mais que la présence à ses côtés de doña Pura, sublime de dignité dans sa robe de faille noire, lui avait fait instantanément ravaler.

Pendant tout le repas, le père de Montse se montra incapable de prononcer la moindre amabilité à l'adresse de la très austère et réfrigérante doña Pura qu'on avait plantée à sa droite, et ce fut peut-être la gêne ressentie par cette incapacité locutoire qui l'amena à boire plus que de raison, en dépit des recommandations de son épouse de ne pas forcer sur l'alcool ni de s'essuyer la bouche de sa manche. Si bien qu'au dessert, lorsqu'il se leva pour entonner une chanson gaillarde devant Montse paralysée de honte, *Fíjate como se mueve mi cosita*, il s'empêtra aux premiers mots et retomba lourdement sur sa chaise, doña Pura lui ayant adressé un de ces sourires glacés qui feraient taire le plus loquace des tribuns politiques.

Tandis qu'il essayait de se refaire une contenance, la mère, volant à son secours, déclara en guise d'excuse C'est l'émotion ! Et comprenant qu'elle avait trouvé là une justification plausible au comportement de son époux, lequel risquait de passer devant ces « gens bien » pour un grossier personnage, elle répéta C'est l'émotion !

Quant à Montse, qui avait tremblé pendant plus de quinze ans devant celui qu'elle considérait comme un ogre, comme un tyran, comme un père irascible et brutal et le plus redoutable des hommes, devant celui qui avait montré la porte à José d'un doigt comminatoire parce qu'il avait osé un avis divergent, devant celui qui avait hurlé cent fois au sein du cercle de famille qu'il ne baisserait jamais sa culotte devant le señor don Jaime et qu'il lui balancerait à la première occasion ses quatre vérités, Montse découvrit ce jour-là un père désemparé, parfaitement inoffensif, balbutiant, timide, les yeux braqués sur son assiette, et dans la crainte de tout.

Tous les présents, du reste, étaient dans la crainte que les questions politiques ne fussent abordées par l'un ou l'autre des convives, la moindre remarque touchant telle ou telle organisation et sa façon de conduire la guerre risquant à tout moment, tous en avaient conscience, de perturber gravement le bon déroulé du repas.

Étaient représentés en effet à la même table tous ou presque tous les partis espagnols de l'époque, chacun très sourcilleux quant au bien-fondé de sa cause, chacun animé des plus nobles sentiments, chacun convaincu dans les bornes de son expérience et le jeu de ses intérêts que sa position était la seule juste, et chacun s'évertuant à ébranler sinon à détruire le crédit de l'autre. Étaient présents, donc : le maître des lieux don Jaime, qu'on soupçonnait d'avoir des accointances avec les nationaux, sa sœur doña Pura, qui, dans l'intimité, ne jurait que par Franco et la Phalange, le père de la mariée qui faisait partie d'un syndicat socialiste de petits propriétaires terriens, le marié converti depuis peu aux idées communistes, et Montse, qui s'était éprise des idées libertaires de son frère comme on s'éprend d'une chanson ou d'un visage, par un désir infini de poésie.

Les grands courants politiques de l'Espagne de 36 et

192

leur mésintelligence qui allaient conduire, pour une part, au désastre final, trouvèrent là leur illustration miniature.

Les premiers mois de la vie de Montse dans la grande maison triste et froide des Burgos furent parmi les plus éprouvants qu'elle eût à traverser. Je me sentais comme un meuble rapporté, une chaise boitante dans un salon Louis XV, dit ma mère. Et si j'avais pu me coloquer dans un trou de souris, je l'aurais fait. Tu sais, c'est simple, je n'étais tranquille qu'aux cabinets.

Montse eut le sentiment qu'elle dénotait, qu'elle détonnait, enfin les deux. Et elle en fut très malheureuse. Transportée sans transition de l'austérité de paysans pauvres à des façons bourgeoises dont elle ignorait tout, croyant bon comprimer tout geste spontané pour ne pas paraître vulgaire, s'obligeant à manger peu pensant que cela faisait distingué, Une part de gâteau ? Une miette por favor, s'évertuant à parler par périphrases, mue par cette idée naïve que le bon goût consistait à ne pas appeler un chat un chat, craignant d'être grossière et lourde et disgracieuse dans ses manières de manger, de bouger, de rire et de parler, toutes choses qui trahissent votre extrace bien plus sûrement que tout curriculum vitae, Montse n'était plus Montse.

Constamment à l'affût des réactions des Burgos qui la traitaient avec une courtoisie cérémonieuse à laquelle, du reste, elle ne s'attendait pas, elle appréhendait constamment de « causer du dérangement » auprès des membres de cette famille dont les rôles semblaient distribués avec une précision mathématique, et de commettre des impairs en se méprenant sur leurs attributions et places respectives.

De son côté, elle s'appliquait à rester à la sienne (place) ou ce qu'elle croyait être la sienne, à faire les gestes modestes qu'elle croyait qu'on attendait qu'elle fît, s'occupant modestement du ménage (la révolution ayant supprimé la fonction officielle de bonniche pour lui substituer celle, vicariante, d'épouse, bien plus avantageuse), balayant modestement le sol, desservant modestement la table, rangeant modestement la vaisselle, anxieuse à l'idée de ne pas disposer les divers ustensiles à leur place assignée, tout déplacement de l'un risquant d'altérer ses relations avec les autres et de perturber ainsi l'âme entière de la maison, l'ordre ménager instauré par doña Pura n'étant rien d'autre que la représentation fidèle de son âme, et son couronnement.

Tout le courage que Montse avait mobilisé les mois précédents lorsqu'elle formait des plans de fugue ou qu'elle projetait de se jeter dans le vide, s'épuisa d'un seul coup.

Elle fut bientôt sans force. Un trapo. Une fregona.

Au mois de décembre 36, Bernanos fut informé du fait suivant, qu'il rapporta dans *Les Grands Cimetières sous la lune*. Le maire républicain d'une petite ville de Majorque s'était aménagé une cachette dans une citerne près de chez lui où il allait régulièrement se réfugier aux moindres bruits de pas, par crainte de représailles. Un jour, les épurateurs prévenus par une dénonciation des plus patriotiques, le tirèrent de là, grelottant de fièvre, le conduisirent au cimetière, et l'abattirent d'une balle dans le ventre. Comme ce fâcheux tardait à mourir, ses bourreaux un peu soûls revinrent avec une bouteille d'eau-de-vie, lui enfoncèrent le goulot dans la bouche, puis lui cassèrent sur la tête la bouteille vide.
Mon cœur est brisé, avoua Bernanos quelque temps plus tard. C'est tout ce qu'on peut me briser.

Comment tenir ? Comment vivre ? se demandait Montse dans la grande maison froide des Burgos.
Car Montse, pour parler franc, n'allait pas fort.
Elle ne pouvait s'enlever de l'esprit le souvenir de son premier contact avec don Jaime (et sa petite phrase), dont le moins qu'on pût dire est qu'il n'avait pas été des plus engageants.
Quant à ce dernier, il adoptait avec elle un ton de

déférence courtoise, et ne répondait qu'avec réserve aux quelques mots qu'elle lui adressait, interposant entre elle et lui la distance qu'il mettait dans toutes ses relations, et la distance qu'il mettait avec lui-même. (Ce n'est que bien plus tard qu'elle comprit que seule la délicatesse inhérente à sa nature empêchait don Jaime d'exprimer la sympathie qu'il éprouvait à son endroit, celui-ci s'interdisant de faire valoir auprès de ses proches ses bons sentiments et ses vertus aimables.)

Devant lui, elle était idiote.

L'homme l'impressionnait. Comme il impressionnait tous les gens du village.

Ces derniers le trouvaient original, fantasque, extravagant, mais ces traits, dans le fond, leur plaisaient. Ils accueillaient avec une indulgence amusée ce qu'ils prenaient chez lui pour des caprices d'aristocrate : ses tenues de monsieur (car il ne sacrifiait pas à la mode « travailleur » qui faisait fureur à l'époque), ses gants de cuir, son feutre noir sur la basane duquel figuraient ses initiales JBO, son goût incompréhensible pour les livres (on disait qu'il en possédait plus de sept mille ! Mais où qu'il casait tout ça dans sa tête ?) et son savoir démesuré (on disait qu'il parlait trois langues, quatre avec le catalan !, qu'il savait le nom d'une dizaine de planètes et le mot latin désignant les pois chiches, *Cicer arietinum* pour les ignares).

Bon vivant, désinvolte, exquis, moins riche qu'il ne s'en donnait l'air, d'une courtoisie légèrement cérémonieuse avec tous, son épouse y compris, négligent avec les choses du religieux dont sa sœur doña Pura était fanatique, toujours d'humeur égale et plutôt enclin à l'enjouement hormis en ce qui concernait son fils qui lui donnait à tordre du fil barbelé (dit ma mère), il se montrait aimable envers tous les villageois, plaisantait avec eux à l'occasion, s'enquérait de leur production d'olives et de noisettes, avait pour chacun une parole de réconfort, et connaissait les noms prénoms et âge des enfants de tous les paysans à son service, ce qui faisait dire à ces derniers Don Jaime a de l'éducation, mais il ne s'en croit pas, il est simple.

Avec sa sœur doña Pura, il avait adopté dès le début de la guerre ce ton d'indulgence patiente que l'on prend avec des adolescents dont on essaie d'excuser les frasques. Mais parfois, lorsqu'il avait l'esprit à rire, il lui disait, railleur Si les rouges t'entendent, ils vont te botter le cul, à moins qu'ils ne te violent. Alors doña Pura, ulcérée, tournait les talons sans un mot, tout son dos frémissant d'une indignation contenue, ou haussait les épaules avec dédain, forte de l'information qu'elle avait lue le matin même dans son journal : un cuirassé *Nuremberg* dont le pavillon portait la croix gammée venait d'entrer dans le port de Palma, une bonne nouvelle enfin, qui lui remontait le moral.

Pour ce qui concernait la gestion de ses terres, don Jaime s'en remettait aveuglement à son régisseur Ricardo, que Diego appelait le larbin. Un jeune homme au visage osseux et aux prunelles tremblotantes qu'il avait engagé adolescent et qui lui manifestait un attachement plein de révérence (une extrême servilité, disait Diego), s'occupant de ses champs avec le même amour et la même fierté que s'ils fussent les siens et se pliant sans rechigner à toutes les demandes de son maître dont les égards secrètement le flattaient. Le jeune homme, du reste, était tout aussi dévoué à doña Pura, et portait pour le confort de celle-ci, à la messe du dimanche, un petit banc de bois où elle posait ses pieds, fonction humiliante au sens étymologique du mot (je veux dire consistant à s'abaisser jusqu'à l'humus, jusqu'à la terre) qui lui valait l'impitoyable mépris de José et de Juan, et le sobriquet assez banal de El Perrito.

Don Jaime était une tête, me dit ma mère.

Il passait des heures enfermé dans sa bibliothèque, et aux yeux de Montse qui n'avait jamais vu autour d'elle des personnes s'adonner à la lecture pour leur seule délectation, cette occupation l'auréolait d'un prestige qui la paralysait.

Il parlait un castillan castizo, c'est-à-dire d'une pureté

parfaite, quoiqu'il l'agrémentât de temps à autre d'un juron des plus musicaux. Et Montse retrouvait dans sa parole aisée, brillante, spirituelle, ce même luxe des objets de la maison qui l'impressionnait tant, et la preuve irréfutable de l'éminence de son esprit. Alors, pour essayer de se porter sinon à sa hauteur, du moins au niveau d'une élève studieuse (histoire de péter plus haut que mon cul, résuma ma mère qui n'allait pas rater une occasion si belle de proférer une grossièreté), elle s'adressait à lui en phrases endiman-chées, toutes guindées et toutes minaudières, et sur le ton pincé de son institutrice Sœur María Carmen qui disait petit coin au lieu de W.-C., monter au ciel au lieu de crever, suivre la voie du Seigneur au lieu de fermer sa gueule, et autres délicats et catholiques euphémismes.

Montse se sentait plus mal à l'aise encore en pré-sence de doña Pura, laquelle esquissait un sourire douloureux chaque fois que sa connaissance des bonnes manières était prise en défaut, c'est-à-dire constamment. Ma mère se souvint qu'un jour, après qu'elle eut enveloppé une vieille paire de chaussures dans un numéro de *Acción Española* (ma mère : un periódico para limpiarse el culo), doña Pura pour qui ce journal était sacré commenta ainsi la chose à son

frère : Pauvre petite, elle n'a pas le sens des valeurs !
Mais venant de là où elle vient !
Et bien que doña Pura lui répétât avec une sua-
vité toute chrétienne et plus violente que toutes les
violences : Vous êtes chez vous, ma fille, Montse à
ses côtés se sentait si peu chez elle qu'il lui prenait
régulièrement l'envie d'aller voir ailleurs si elle y était
davantage. Ailleurs mais où ? Ici il faisait froid. Ailleurs
était inconcevable. J'avais les pieds prendis dans une
trempe, me dit ma mère. Dans une trempe ? dis-je.
Dans une trempe, me dit ma mère.
Doña Pura avait pourtant bien du mérite : elle
accueillait dans sa propre maison cette pauvre petite,
fruste et sans le sou, une petite qui mangeait du
pain frotté à l'ail !, qui léchait son couteau après en
avoir fait usage !, qui ne savait même pas jouer au
bridge !, qui ne savait rien faire d'autre que casser
des noisettes et traire les brebis ! et dont le frère se
réclamait d'une sorte d'Antéchrist moderne suivi par
une troupe de rustres en marcel, pobre España !
Elle prenait même le temps de bavarder avec elle en
dépit de ses migraines. De sottises naturellement, la
petite n'ayant aucune conversation. Mais doña Pura,
en termes de charité, ne regardait pas à la dépense.
Elle était, par amour du Christ, prête à consentir à
tous les sacrifices. La réconfortait toutefois cette idée
que le mariage civil qui liait cette pauvre paysanne

à son neveu ne comptait que pour du beurre, et qu'elle n'aurait à souffrir sa présence que jusqu'au jour, imminent à n'en pas douter, de leur divorce.

Puis lentement, par je ne sais quel mystère d'une âme romanesque, doña Pura se passionna pour la liaison contre-nature de Diego avec cette pauvresse, liaison dans laquelle elle crut reconnaître les péripéties sentimentales de *La Guapa y el Aventurero*, un roman où l'amour se riait des barrières sociales, un roman ce qui s'appelle un roman, récréatif, enlevé, instructif de surcroît, qui lui mettait les larmes aux yeux tant il savait trouver les chemins buissonniers de son cœur, et qu'elle lisait chaque soir avant de s'endormir, en alternance avec *Los Evangelios* et *Acción Española*.

Dès lors, elle se donna pour mission de faire œuvre pie auprès de cette brave fille mal dégrossie et quelque peu rustique : en l'initiant à des manières sinon princières, du moins correctes, tout en lui apportant les rudiments d'une bonne éducation : la sienne, afin qu'elle s'élevât sinon à l'altitude de son époux, du moins deux étages en dessous.

Mais cette noble mission, qui désormais accaparait une partie de son esprit, n'annulait pas pour autant les innombrables douleurs qui assaillaient ses chairs désappointées. Et lorsque Montse s'enquérait de son affection du jour sur ce ton qu'on adopte envers ceux à qui l'on doit des égards sans éprouver pour eux de réelle sympathie, la dolente doña Pura, l'air mourant et plein de sous-entendus, répondait avec une épouvantable douceur Je préfère ne rien dire, tout en appliquant sur son front un mouchoir imprégné de vinaigre afin d'atténuer la migraine qui lui broyait le cervelet.

Elle laissait entendre ainsi, à la fois, la violence de son mal et le soin attentif qu'elle prenait à ne point incommoder son entourage. Mais afin que nul n'oubliât qu'elle souffrait en silence, elle poussait à intervalles réguliers un soupir qui semblait remonter du fin fond de son être, tout en ouvrant ostensiblement un flacon de sirop reconstituant (elle en possédait toute une collection) dont elle avalait, dans une grimace de dégoût, une cuillerée à soupe.

Montse jugeait alors indiqué de prendre l'air compatissant requis, tout en hurlant muettement Fermez-la Fermez-la ou je vous réduis en purée !

Peux-tu me rendre le service, me dit tout à coup ma mère, de faire désapparaître le sirop pour la toux qui est coloqué sur le frigo ? Il me raccorde très néfastement doña Pura.

Au début de sa vie chez les Burgos, Montse alla chercher quelque réconfort auprès de doña Sol, heureuse de trouver chez celle-ci une alliée qu'elle n'attendait pas, et qui s'était mise très vite à la chérir comme si elle eût été l'enfant qu'elle avait espérée.

Car doña Sol avait follement espéré la venue d'un enfant sorti de ses entrailles, comme on disait jadis. Elle avait prié la Sainte Vierge. Elle avait brûlé des dizaines de cierges. Elle avait avalé huit sortes de tisanes. Elle avait suivi un régime à base de lapin. Elle avait porté autour du cou un chapelet de scapulaires. Elle avait consulté les docteurs de la ville ainsi que la sage-femme du village. Mais tout ceci sans résultat. Tu ne peux pas imaginer, me dit ma mère, ce que pouvaient être antiquement la honte et le chagrin des femmes infécondes.

Doña Sol pensa que la venue de Diego la consolerait de cette affreuse tare qui « frustrait le lit conjugal de ses fruits les plus chers ». Mais il la fit, d'une certaine façon, plus affreuse encore.

Aussi, lorsque Montse arriva dans cette maison, jeune, belle et fraîche comme le jour, doña Sol, sevrée d'amour maternel, crut voir tomber du ciel la fille de son cœur et reporta sur elle son trop-plein de tendresse.

Plus exactement, elle l'en inonda.

Il ne se passait pas de jours sans qu'elle lui témoignât son affection d'une manière ou d'une autre, lui cuisinant des mantecados, ses pâtisseries préférées, lui préparant pour le goûter une tasse de chocolat si

203

épais qu'on y aurait planté une cuiller, mendiant sa compagnie avec des yeux avides, se précipitant dans la cuisine dès qu'elle l'entendait s'affairer, la maintenant au salon par des questions oiseuses, lui imputant des désirs qu'elle n'exprimait pas puis s'empressant de les combler, la choyant outrageusement par ces temps de privations, la gratifiant de chaussures à talons dernier modèle, de colliers de brillants et de toutes sortes de fanfreluches à usage féminin que Montse jetait dans le fond d'un placard d'où ils ne sortaient plus, surveillant d'une attention jalouse ses moindres émotions, quêtant ses compliments, lui faisant grief de sa réserve où elle croyait voir une forme de rejet... Doña Sol s'abandonna au déchaînement des sentiments maternels qu'elle avait dû comprimer douloureusement pendant plus de vingt ans et qui aujourd'hui déferlaient.

Et Montse, qui s'en était réjouie un moment, finit par étouffer. Ces cajoleries, ces tempêtes oblatives, tous ces présents offerts dans un empressement anxieux et qui étaient autant de demandes affamées d'amour, autant de muettes implorations, ne lui apportaient aucune espèce de plaisir. Pire, ils l'angoissaient. Et si elle s'obligeait, en recevant ces cadeaux qu'elle n'avait pas souhaités, à esquisser un sourire de bonne facture tout en disant Merci c'est très gentil, elle avait du mal à feindre l'expression d'une joie qu'elle n'éprouvait pas.

Je n'arrivais pas réellement à l'embéléquer, si j'ose dire, me dit ma mère. À lui assurer que ses gâteaux étaient les meilleurs de la terre, et à lui faire ces déclarations maravilleuses que les enfants font à leur mère lorsqu'ils les sentent tristes et en manque d'arrosage.

Montse essayait d'exhumer du fond de son cœur un peu de commisération, un peu d'indulgence à l'endroit de cette femme qu'elle sentait fragile, ravagée de frustrations, brisée, désespérée sans doute. Mais mon cœur, à cette époque, me dit ma mère, était sec como el chocho de doña Pura excuse l'humour.

Parfois, par lassitude, elle jouait la comédie.

D'autres fois, n'y tenant plus, elle la rabrouait.

Un jour que doña Sol, la voyant triste, se lança pour la consoler dans l'éloge des indicibles autant qu'innombrables bonheurs de la maternité qui l'attendaient, elle répondit sur un ton parfaitement froid : Les hyènes aussi accouchent de hyénettes et n'en font pas un plat. Sur quoi doña Sol éclata en sanglots. Ma mère s'en souvenait parfaitement, qui s'était soudain sentie impitoyable à l'égard de celle qui tirait profit de sa tristesse pour attraper quelques miettes d'affection, y eso no ! no ! y no !

Refusant de se laisser engloutir dans une histoire

qui n'était pas la sienne, incapable de composer une fausse tendresse devant cette femme qui lui inspirait un éloignement invincible, elle demeurait cependant attentive à ne pas la froisser, ce qui exigeait d'elle de savants dosages d'affabilité et de distances calculées. Mais parfois, les transactions intérieures auxquelles elle se livrait ne trouvaient d'autre issue que le mensonge. Alors elle prétextait, en prenant l'air de circonstance, de séantes raisons : une visite à Rosita présentant un caractère d'urgence, ou une obligation impérieuse auprès de sa mère souffrante. Après quoi, elle s'enfuyait à toutes jambes, marchant dans la campagne comme si elle était poursuivie, ce qu'elle était d'ailleurs, poursuivie par sa culpabilité, poursuivie par ses remords, poursuivie par le sentiment d'avoir construit de ses propres mains sa propre cage, et poursuivie par la voix qui lui disait No es una vida, no es una vida, no es una vida.

D'autres fois, elle alléguait un soudain mal de crâne qui la soustrayait, lo siento muchísimo, au papotage de l'après-café censé meubler leur après-midi, puis elle se retirait dans la chambre conjugale qui était devenue pour elle une sorte de sas. Alors, allongée sur le grand lit nuptial en acajou, elle demeurait des heures perdue dans ses pensées, si l'on peut appeler pensées ces idées floues qui vous traversent l'esprit comme des courants d'air, ces images fugitives, ces lambeaux épars, ces bribes qui ne laissent nulle trace. S'ennuyant au-delà de toute expression, elle regardait le jour violet descendre sur les oliveraies, ou suivait des yeux le trajet d'une mouche égarée (como yo, dit ma mère) qui se cognait la tête contre les vitres (como yo, dit ma mère).

Parfois, elle s'inventait des choses tristes. Elle imaginait la mort de sa mère tombée des escaliers ou celle de son frère écrasé par une voiture, probabilité des plus réduites, vu que ne circulaient dans les rues du village que deux automobiles : la Hispano-Suiza de don Jaime et la camionnette déglinguée du père de Juan, puis elle s'imaginait suivant en sanglotant leur corbillard au sein d'une foule noire et recueillie.

D'autres fois, elle parlait seule comme font les enfants solitaires, jusqu'à ce que, percevant un bruit dans le salon, elle se taise brusquement, s'avisant, après coup, qu'elle soliloquait.

Ou bien elle se livrait à des occupations que voici citées par ordre d'importance croissante :

– tricotage de chaussons bleu ciel au point dit mousse pour le petit garçon à venir,

– rêveries fantastiques relatives à une carrière de chanteuse, et élaboration de scénarios combinant une fuite loin du village et la rencontre de Juanito Valderrama, son cantaor préféré, rencontre se heurtant à de nombreux obstacles, le cantaor s'étant engagé, disait-on, dans l'armée républicaine,

– lecture du livre de Bakounine que son frère lui avait offert en juillet et qu'elle cachait sous une pile de draps dans l'armoire de sa chambre, lecture qui avait le pouvoir de l'assoupir en moins de deux,

– visites à sa mère qui lui donnait des conseils répugnants sur la façon de langer et délanger un nourrisson, así y así, opération suivie de l'examen de son caca, couleur et consistance, puis du lavage de son derrière, puis de son essuyage, puis de son pommadage, puis de son talquage et autres dégoûtations,

– confidences auprès de Rosita à propos de l'Acte considéré comme une incommodité surnuméraire, était-ce normal ? Existait-il des stimulants ? Devait-elle feindre des gémissements de plaisir ? À quoi Rosita répondait Pense à Juan Gabin (leur idole depuis qu'elles l'avaient vu dans *La Bandera*), ou finis-le à la main,

– visites à la Maruca dans son épicerie et commentaires affligés sur le président de la République Manuel Azaña, qui était un mollasson et un achucharrado, qu'est-ce qu'il attend pour faire banquer les riches et leur pomper les impôts qu'ils méritent ?

– spéculations relatives à ce qui pouvait accabler son frère hormis leur fâcherie. D'où lui venait sa

révolte ? Et son désespoir ? La cause en était-elle en lui ou hors de lui ?
– et ambitieuses interrogations sur les raisons qui avaient rendu son époux maniaque à ce degré extrême, sachant qu'elle manquait d'éléments pour appréhender la genèse d'une telle pathologie, à supposer qu'elle pût s'appréhender.

Un jour que ma mère et moi regardions à la télévision Nadal jouer contre Federer et tirer convulsivement sur son short, ma mère se mit à inventorier en riant toutes les bizarreries de Diego, ses marottes tenaces, ses tics torturants, ses lubies étranges, et au premier rang de ses lubies, sa lubie de la propreté, une lubie en tous points DESPOTIQUE, qui l'amenait à se désinfecter les mains vingt-cinq fois par jour, à glisser un doigt maniaque sur son bureau pour y traquer la moindre poussière, à changer de chemise chaque matin, ce qui à l'époque relevait du trouble mental, et à se laver les pieds chaque soir que Dieu fait, le règlement d'alors stipulant un lavage hebdomadaire, voire mensuel, l'aversion devant les éléments aqueux étant regardée comme un signe indéniable de virilité, un hombre verdadero tiene los pies que huelen.
Aussi pointilleux sur le chapitre de l'ordre que sur celui de la propreté, c'est avec un soin maniaque qu'il rangeait, avant de se coucher, son pantalon sur une

chaise après l'avoir impeccablement plié en deux et avoir impeccablement égalisé la longueur des deux jambes (ce qui avait le don d'exaspérer Montse qui, par une sorte de protestation muette, jetait ses habits n'importe où). Et il contrôlait ses émotions avec la même rigueur qu'il rangeait ses affaires, manifestant une capacité de contention tout à fait extraordinaire, se retenant par exemple de poser à Montse la question qui lui brûlait les lèvres depuis des mois, une question qu'il avait sans cesse à l'esprit et qui littéralement le minait (il le lui avoua beaucoup plus tard) : aimait-elle encore celui qui lui avait fait un enfant ?

Et toutes ces manies de Diego, son démon de l'ordre, ses fureurs hygiéniques, sa constipation psychique aussi bien que physique, et ses longues stations au W.-C., venaient renforcer la retenue, la réserve, la réticence (tous ces mots me semblent un peu exagérés, me dit ma mère) qu'elle éprouvait à son endroit, bien qu'elle ne cessât de se répéter, pour s'en convaincre, qu'elle lui devait l'honneur sauvé (expression de sa mère) et, conséquemment, une reconnaissance éternelle.

Mais cette réticence contre laquelle elle luttait autant qu'elle le pouvait transparaissait malgré ses efforts, rendue sans doute d'autant plus voyante que Diego, à sa surprise, se montrait avec elle aussi tendrement amoureux qu'il était froid et réservé dans ses relations publiques (car Diego, il faut le dire, était heureux

210

de la présence de Montse, qui lui plaisait au-delà de toute expression, et empli de fierté à l'idée qu'elle lui avait confié sa vie).

Souvent, il lui barrait le chemin, l'arrêtait tendrement, menottant ses poignets et, lui montrant sa joue couverte d'une barbe rousse, réclamait un besito, hay que pagar, il faut payer, tandis que Montse s'échappait de son étreinte en prétextant je ne sais quelle urgence domestique.

Après quoi Montse se sentait coupable, coupable sans doute de ne pas aimer comme il le désirait un mari qui l'avait sauvée du déshonneur et sans doute même sauvée tout court, coupable de son inaptitude à la fonction matrimoniale tant vantée par sa mère et sa tante Pari, et coupable d'être trop lasse et trop âgée, pensait-elle, pour aimer un autre homme d'amour, elle qui venait tout juste d'avoir seize ans.

Et elle se disait en elle-même No es una vida, no es una vida, no es una vida.

Pour Bernanos, à Palma, ce n'était pas non plus une vie, c'est ce que j'imagine et qui se laisse deviner à la lecture des *Grands Cimetières sous la lune*.

Au mois de mars 1937, il décida de quitter Palma et embarqua avec sa famille à bord d'un navire français.

Trop d'abominations s'étaient commises sur le sol d'Espagne et trop de crimes empuantissaient l'air.

Il pensait avoir touché le fond de la hideur.

Il avait vu l'évêque-archevêque de Palma agiter avec indécence ses mains vénérables au-dessus des mitrailleuses italiennes – l'ai-je vu oui ou non ? écrivait-il.

Il avait entendu hurler cent fois VIVE LA MORT.

Il avait vu « les chemins creux de son île recevoir régulièrement leur funèbre moisson de mal-pensants : ouvriers, paysans, mais aussi bourgeois, pharmaciens, notaires. »

Il avait entendu Untel qu'il pensait être du côté des massacreurs lui avouer les yeux pleins de larmes : C'est trop, je n'en puis plus, voilà ce qu'ils viennent de commettre, et de décrire un meurtre effroyable.

Il avait lu une certaine presse, dégueulasse de lâcheté, rester parfaitement muette devant les exactions franquistes. Il y a quelque chose, disait-il, de mille fois pire que la férocité des brutes, c'est la férocité des lâches.

Il avait lu le poème de Claudel « les yeux pleins d'enthousiasme et de larmes » chantant sa sainte admiration pour les épurateurs, Claudel que Shakespeare eût nommé tout crûment fils de pute.

Il avait vu d'honnêtes gens se convertir à la haine, d'honnêtes gens à qui l'occasion était offerte enfin de s'estimer supérieurs à d'autres, leurs égaux en misère.

Et il avait écrit cette phrase qui pourrait avoir été écrite ce matin même tant elle s'applique à notre présent,

« Je crois que le suprême service que je puisse rendre à ces derniers (les honnêtes gens) serait précisément de les mettre en garde contre les imbéciles ou les canailles qui exploitent aujourd'hui, avec cynisme, leur grande peur. »

Longtemps, il avait essayé de tenir bon, non par bravade, ni même dans l'espoir d'être utile, mais plutôt par un sentiment de solidarité profonde avec la population palmesane, dont il partageait l'angoisse et la peur littéralement bleue.

Mais il avait atteint en mars le seuil de ce qu'il pouvait humainement souffrir.

Bernanos partit donc pour la France, avec au cœur un sombre pressentiment : l'horreur dont il avait été à Palma le témoin impuissant n'était peut-être, n'était sans doute, que la préfiguration d'autres horreurs à venir. Et il écrivit ceci : « Je ne me lasserai pas de répéter que nous pourrons entreprendre un jour ou l'autre l'épuration des Français sur le modèle de l'épuration espagnole, bénie par l'épiscopat... Ne vous inquiétez pas, me soufflent à l'oreille Leurs Seigneuries. Une fois la chose en train, nous fermerons les yeux. Mais je ne veux justement pas que vous fermiez les yeux, Excellences. »

Bernanos nomma le mal à venir, quitte à encourir les huées des optimistes qui espéraient trouver encore je ne sais quelle échappatoire et remuer du vent plutôt que de constater les faits, ces optimistes dont Bernanos disait qu'ils s'appliquaient à voir le monde en rose pour mieux se dispenser d'avoir pitié des hommes et des malheurs qu'ils subissaient.

Bernanos nomma le mal à venir, et le paya chèrement. Mais l'avenir, comme on le sait, lui donnerait raison, puisque trois ans plus tard, sévirait en Europe une horreur qui surpasserait toutes les autres.

En attendant, et parce qu'il portait une parole libre dans un monde qui ne l'était pas, sa tête avait été mise à prix par Franco (il avait échappé de justesse à deux tentatives d'attentat). Et en France, sa dernière chronique sur la guerre d'Espagne, publiée par la revue *Sept*, avait été censurée par les dominicains, accusés de propager l'idéologie communiste.

À signaler que Gide, qui avait pris d'emblée fait et cause pour la République espagnole, était au même moment accusé de trahison pour avoir dans *Retour de l'URSS* (publié en 36), critiqué le régime soviétique, tous les fanatismes décidément se ressemblent, et tous se valent.

La même accusation fut portée en Espagne contre ceux qui se risquaient à contester, même du bout des lèvres, les méthodes communistes. Luis Cernuda, León Felipe, Octavio Paz, pour ne citer qu'eux, furent surveillés, interrogés et mis au pas par les commissaires russes à lunettes cerclées, soucieux de rectifier leurs prétendues déviances.

Sale temps pour Bernanos.

Sale temps pour ceux qui se méfiaient des inféodations quelles qu'elles fussent, et qui obéissaient à leur conscience plutôt qu'aux doctrinaires de l'un ou l'autre bord.

Légère éclaircie dans le ciel de Montse, qui commençait à trouver quelques couleurs, quelques douceurs, quelques bienfaits à sa nouvelle vie. Deux hirondelles avaient construit leur nid dans la remise ouverte, elle s'en était réjouie comme d'un bon présage. Et jamais le printemps n'avait été si beau.

Un soir, Diego, qui ne buvait ni ne fumait ni ne mangeait avec excès, qui était même d'une sobriété spartiate, rentra la démarche incertaine et l'haleine parfumée au whisky. Ayant rejoint Montse dans leur chambre à coucher, il porta tendrement ses bras roux à son cou et, plongeant ses yeux dans les siens, lui demanda si elle était contente qu'il fût son époux.

Elle eut le désir, un instant, de lui répondre Je ne sais pas. Mais le voyant si grave et presque suppliant, elle se ravisa,

Ça va, ça va.

Il éprouva le besoin de se l'entendre répéter. Vraiment ?

Ça va, ça va.

Alors Diego, qui ne voulait pas en entendre plus,
Si toi ça va, moi ça va.

Et au fond d'elle-même, Montse le remercia de ne
pas chercher à sonder des sentiments dont elle n'était
pas sûre.

Peu à peu, elle se fit plus indulgente envers lui,
se promettant de l'aimer mieux, et plus indulgente
envers elle-même. Et comme elle n'était pas de nature
à persévérer dans un chagrin languide, comme elle
n'avait aucune disposition pour le malheur et encore
moins pour ses démonstrations, elle retrouva bientôt
toute sa vitalité, elle retrouva la notion du temps, la
notion du temps mesuré qu'elle avait perdue depuis
le mois de la Splendeur, je veux dire depuis le mois
enchanté d'août 36, et elle retrouva cet air de bonté
que don Jaime avait sans doute confondu, un an
auparavant, avec cet air modeste qui n'en est que sa
forme apeurée (confusion courante, au demeurant,
dans cette tentative menée par certains de dévaluer la
bonté, vertu des cons, comme ils disent), elle retrouva
son air de bonté, son air de bonté renseignée comme
l'écrivait Péguy à propos de Lazare, c'est-à-dire non
pas cette bonté des innocents et des simplets, non pas
la bonté des anges ni des saintes nitouches, mais la
bonté désabusée, la bonté clairvoyante, la bonté qui
sait la nuit des hommes et la surmonte, qui tente à
tout le moins de la surmonter.

Tout alla donc pour le mieux durant ce printemps 37, en dépit de la guerre qui n'en finissait pas, et en dépit des disputes qui éclataient régulièrement entre Diego et son père.

Car je dois préciser que, malgré l'admiration (mêlée de ressentiment) que Diego ressentait pour son père et qu'il prenait soin de masquer, et l'affection silencieuse que don Jaime portait depuis toujours à son fils, un mur séparait les deux hommes.

Tous deux s'étaient enfermés, des années durant, dans une pathétique impossibilité de se parler, n'essayant plus depuis longtemps de la briser, n'échangeant pas plus de trois mots dans une journée, pris dans une incompréhension réciproque qui leur était devenue une habitude aussi fermement établie que celle de se dire bonjour et au revoir.

Mais depuis le déclenchement de la guerre, cette incompréhension somme toute banale entre un père et un fils s'était chargée de violence. Et malgré le caractère paisible et nonchalant de don Jaime, la tension entre les deux hommes était devenue électrique et les passes d'armes fréquentes. L'affrontement muet qui avait été le leur pendant des années, explosait à présent à propos de tout et de rien, le moindre détail pouvant les faire entrer dans de violentes controverses. Fallait-il, oui ou non, faire confiance au régisseur ?

Était-il convenable, oui ou non, de se servir de cure-dents à la fin d'un repas ? Fallait-il célébrer, oui ou non, le 12 octobre, le Jour de la Race espagnole ? Autant de motifs de contrariétés, d'agacements ou de conflits entre les deux hommes, bien que l'un et l'autre eussent l'intuition que les causes véritables de leurs dissentiments se situassent bien ailleurs.

Lorsque les conversations, à table, allaient sur le terrain de la guerre et de la politique à mener pour la gagner (car la guerre, me dit ma mère, était le sujet principal de toutes les discussions), Diego, qui ne concevait pas que l'on pût opter pour un autre égarement que le sien, reprochait à son père de tourner politiquement le dos à son siècle et de tremper encore dans les eaux fangeuses de la vieille Espagne. Le monde a changé, lui lançait-il avec brusquerie, il n'est plus celui de votre jeunesse. Vos paysans ne veulent plus qu'on les traite en esclaves, et bientôt ils vous chasseront de vos terres.

Don Jaime secouait la tête, sa belle-mère et sa tante montraient des visages effarés, et Diego jouissait en secret du plaisir de les provoquer.

En écoutant son fils, don Jaime prenait lentement conscience qu'il vieillissait. Il n'était plus du tout sûr de la validité des idées qu'il avait préconisées à vingt ans lorsque la politique l'intéressait encore. Jeune bourgeois frotté de socialisme, il avait professé, pour résumer, un humanisme chic, qui avait l'avantage de ne porter nullement atteinte à ses privilèges, puisqu'il consistait à déplorer l'oppression du peuple et le pouvoir inconsidéré de l'argent, sans renoncer pour autant à ce dernier et laissant aux intellectuels et aux poètes le soin d'exprimer à sa place sa très profonde et très sincère déploration de la misère régnante. Aujourd'hui, entre la mollesse des positions progressistes embrassées lorsqu'il était étudiant, le lourd fardeau d'une tradition familiale incarnée par sa sœur doña Pura, et la rigidité doctrinale d'un Staline et des monstruosités qu'elle engendrait, don Jaime se refusait à choisir. Sa lucidité comme son intelligence butaient contre ces trois postures (la libertaire ne l'effleurant même pas), qui lui semblaient toutes trois pourvoyeuses de tromperies et d'aveuglements. Pire, il pensait qu'être affilié à un dogme, à une cause, à un système, et à ne rien considérer d'autre que ce dogme, que cette cause, que ce système, était le meilleur moyen pour un homme de se faire un jour criminel. Il allait jusque-là. Et ce, bien que Diego lui rabâchât que de ne prendre nul parti quand la guerre exigeait que chacun s'engageât n'était qu'une façon de se défiler typiquement réactionnaire. Une lâcheté de luxe. Une démission qu'il habillait du nom avantageux de scepticisme.

En dépit, donc, des reproches virulents de son fils

(qui l'affectaient sans qu'il se l'avouât), des perfides insinuations de certains (qu'il n'avait d'autres convictions que financières) et des biaises pressions de tous (pour qu'il se déclarât clairement d'un côté ou de l'autre), don Jaime demeura le seul dans le village à ne pas se prononcer pour un camp, et le seul à faire le constat, non sans un serrement de cœur, de la folie des hommes et de la folie de son siècle.

Cette position de retrait, qu'il devait tant à sa situation qu'à son caractère, scandalisait Diego. Elle inspirait à ce dernier des mots durs. Et ces mots faisaient voler en éclats le beau détachement de don Jaime.

Ma mère se souvenait que père et fils avaient failli un jour en venir aux mains pour une stupide question de cuisson d'œufs au plat, don Jaime prétendant qu'il fallait verser une grande quantité d'huile dans la poêle pour que les blancs fussent bien croustillants, Diego, indigné, affirmant qu'il fallait économiser les matières grasses vu l'incertitude que la guerre faisait peser sur l'avenir, mais (s'adressant à son père) Vous vous en foutez bien sûr, d'ailleurs vous vous foutez de tout du moment que vos rentes tombent dans votre Don Jaime s'était brusquement levé de sa chaise, Diego avait fait de même quelques secondes après, et les deux s'étaient retrouvés dressés, face à face, se mesurant des yeux. Deux coqs.

Don Jaime, d'ordinaire si calme, avait prononcé, le

visage sévère et sans la moindre trace de cette ironie
souriante avec laquelle il réagissait d'ordinaire à ce
qui le désarmait,
Je te défends de
Doña Sol,
Allons, allons.
Diego se tournant vers Montse comme pour la prendre
à témoin de l'attitude inadmissible de son père,
Il n'y a décidément que la vérité qui fâche.
Et Montse ne disant rien, n'exprimant rien, mais pre-
nant en elle-même sans hésiter le parti de don Jaime.

Car plus les jours passaient, plus Montse s'apercevait
que, lorsque père et fils s'affrontaient, elle prenait
presque toujours en elle-même le parti de don Jaime.
C'est qu'entre elle et don Jaime une forme de sympathie discrète commençait de naître. Protégés en
quelque sorte par leur lien de parenté, ils s'autorisaient
peu à peu une liberté, une confiance que Montse
n'eût jamais cru possible quelques mois auparavant,
persuadée que quelqu'un de sa condition ne pouvait
susciter, aux yeux de son beau-père, qu'indifférence
ou dédain.
Un jour qu'ils prenaient ensemble le café dans le
salon, don Jaime s'était tourné vers Montse, avait posé
doucement sa main sur son bras, sa main blanche
et féminine comme le sont les mains des riches, et

lui avait demandé Montsita peux-tu allumer mon
cigarillo ? Et ce Montsita ajouté au doux contact de
sa main avait fait sur Montse l'effet d'un baume (ma
mère : à quoi ça tient !), et de ce jour il ne l'appela
pas autrement que par ce tendre diminutif, ce que ni
son père ni son frère ni son époux n'avaient jamais
osé, par honte, par pudeur ou par crainte de paraître
faible. L'homme espagnol (dit ma mère) se trouve
ridicule avec les palabres affectueuses qui lui semblent
partenir au domaine exclusif des femmes. L'homme
espagnol, ma chérie, a une idée très pointue de sa
virilité, très protubérante, si j'ose dire, et passe une
partie de sa vie à répéter qu'il en a et qu'il en jouit,
c'est fatigant. L'homme espagnol, ma Lidia, est à
esquiver à tout prix. Je te l'ai dit cent fois.
Les dernières réticences de Montse envers don Jaime
fondirent d'un seul coup.
Et Montse découvrit que, derrière le détachement
auquel il s'appliquait, se cachait un goût des autres,
une douceur, une tendresse que Diego avait constamment refusée tout en la désirant et qui resurgissait à
présent sous l'écorce, une tendresse que les années
avaient meurtrie mais pas au point de la détruire.
Sans que jamais ils se le déclarassent, don Jaime et
Montse éprouvèrent chacun du bonheur en la présence de l'autre, une affabilité qu'ils n'avaient encore
ressentie pour personne, une complicité inédite et

joyeuse, et un surcroît de forces morales qui leur fut d'un grand bienfait.

Montse supporta mieux les discours véhéments de doña Pura contre les hordes rouges des prolétaires qui détruisaient les entreprises, et à quelles fins ? aux fins de se rouler les pouces ! oui monsieur !, ainsi que les lancinants gémissements occasionnés par ses très sensibles et catholiques organes.

Quant à don Jaime, qui avait toujours trouvé maints alibis pour s'absenter de la maison et passer ses soirées dans la bourgade proche avec son ami Fabregat en buvant des vermouths à l'eau de Seltz, il conçut du plaisir à rester avec « ses trois femmes », et à jouer, como un tonto, como un niño, à la bataille navale ou au loto à l'aide de pois chiches et de haricots secs.

Et au fond de lui, il se réjouissait que les péripéties de la guerre et la personnalité de son fils lui eussent en quelque sorte amené sa belle-fille Montse sur un plateau.

Don Jaime, pendant cette période, se sentit secrètement rajeunir, et Montse secrètement « s'élever », comme eût dit doña Pura.

Aux côtés de don Jaime, Montse apprit que les égards courtois adoucissent les liens et ne sont pas forcément synonymes de chichis de gonzesse (comme l'affirmait son père), ni de cagoterie bourgeoise (comme l'affirmait José). La guerre, disait don Jaime, ne doit pas nous transformer en sauvages. À quoi son fils rétorquait aussi sec que les sauvages étaient ceux qui exploitaient les paysans pauvres, et l'atmosphère du salon se chargeait soudainement d'orage.

Elle apprit, à son exemple, à se vêtir avec soin (don Jaime était le seul homme dans le village à s'habiller élégamment car, depuis les événements de juillet, tous s'appliquaient à se vêtir en pauvres et à garder une chemise crasse plusieurs jours d'affilée afin de ne pas être soupçonnés d'être des ennemis de classe, les rouges sur ce point se montrant des plus vétilleux).

Elle apprit des mots distingués tels que congratuler, dépérir ou se fourvoyer, dont personne jamais n'avait usé devant elle et qui lui donnaient l'impression qu'ils élargissaient considérablement son espace mental.

Elle apprit le goût des belles choses, des bouquets de dahlias disposés sur les tables, des couverts ordonnés dans une symétrie parfaite, des plats présentés avec art et persil. Et c'est un goût qu'elle garda toute sa vie, et qui fut, dans la période de son exil français, une façon de résister (de résister à la nostalgie, de résister à la tristesse, mais surtout de résister à la pauvreté à laquelle la condamna le salaire cachectique de Diego, qui trouva du travail comme ouvrier du bâtiment dans l'entreprise Mir, à Toulouse).

Souvent Montse et don Jaime éclataient de rire ensemble et le plus souvent sans raison, ou plutôt pour la seule raison qu'ils trouvaient de la joie, eux si dissemblables, à se sentir si proches l'un de l'autre. On avait des caractères très hilarants, me dit ma mère, et une certaine similitude philosophique, cool comme tu dirais, malgré que lui était en haut et moi en bas. Montse et don Jaime avaient en commun de voir leur monde s'effondrer, lui le monde qu'il avait appris à considérer comme stable des traditions anciennes légèrement dépoussiérées par un socialisme de bon aloi, elle celui des rêves et des chimères qui avaient enchanté ses quinze ans et qu'elle voyait se dissoudre chaque jour dans les yeux de son frère, mais l'un et l'autre sans nulle nostalgie ni nul apitoiement, choisissant d'adopter presque toujours un ton léger, désamorçant les drames familiaux qui étaient sur le point d'exploser en les dérivant vers des zones politiquement neutres (notamment diététiques : Voulez-vous les pois chiches en salade ? ou en cocido ?) et se moquant aimablement des dogmes rigides de Diego dans l'espoir de les faire fléchir, et de ceux plus rigides encore de doña Sol, mais sans espoir aucun qu'ils ne fléchissent, autant parler à une chaise.

Pour la première fois depuis longtemps, Montse et don Jaime ressentirent une chaleur au cœur, une confiance, un abandon, une affinité profonde, et en dépit de leurs différences, le sentiment qu'ils, comment le dire sans mièvrerie ? Disons qu'ils éprouvèrent l'un pour l'autre de l'amistad (ma mère me dit qu'en espagnol le mot a davantage de panache, soit).

Un soir où Diego était de garde à la mairie, doña Sol retirée dans sa chambre et doña Pura couchée (les deux opportunément souffrantes), Don Jaime et Montse se retrouvèrent seuls, après le dîner, dans le salon.

Montse souhaitait depuis longtemps ce face-à-face. Plusieurs fois elle avait pris son élan dans l'intention de lui faire un aveu, lequel (élan) avait été stoppé par l'arrivée inopinée de l'un ou l'autre des membres de la famille.

Ce soir-là, donc, après avoir servi un cognac à don Jaime qui lui avait déclaré dans un sourire Mon royaume pour un cognac ! (pourquoi mon royaume ? me dit ma mère, mystère et bouldegon !), elle s'installa face à lui et, bravement, lui avoua, soit dit sans offense, qu'elle avait pris en très mauvaise part la phrase qu'il avait prononcée le 18 juillet 1936 à 10 heures du matin lorsqu'elle était venue se présenter comme candidate au poste de domestique : Elle a l'air bien modeste, phrase dans laquelle elle avait perçu une nuance insupportable de mépris, et qui l'avait blessée bien plus violemment que les coups de ceinture de son père, au point qu'elle lui avait fait, ni plus ni moins, désirer la révolution.

Don Jaime resta confondu.

226

Puis, le temps de se ressaisir, il lui demanda pardon pour sa maladresse.

Montse, aussitôt, lui demanda pardon pour sa susceptibilité.

Et l'un et l'autre firent assaut d'excuses, de bredouillements, de disculpations et de regrets infinis, je n'aurais pas dû, mais si, mais non, comment ai-je pu, ne vous excusez pas, mais si, mais non, c'est que j'aurais dû, mais non, mais si, jusqu'à ce qu'ensemble ils éclatassent de rire.

Après quoi ils restèrent un moment silencieux et paisibles dans le salon qui se remplissait d'ombres.

Comme le silence se prolongeait,

À quoi pensez-vous ? demanda don Jaime à Montse, dont les yeux songeurs semblaient regarder loin derrière la fenêtre.

Était-ce d'avoir osé lui parler de cet instant qui avait inauguré leurs rapports de façon désastreuse et de la colère mêlée de honte qu'elle en avait conçue, était-ce d'avoir enfin, après tant d'approches timides et d'avances avortées, acquis son amitié et sa confiance, ou pour une tout autre raison, toujours est-il que Montse se risqua ce soir-là à aborder ce qu'ils n'avaient jamais évoqué ensemble qu'à mots couverts, en vertu de ce principe étrange qui veut que nous parlons de tout, excepté de ce qui nous brûle : la petite enfance de Diego, laquelle se passa ainsi que suit.

À vingt ans, don Jaime partit étudier le droit à Barcelone. À cette époque, il lisait Voltaire et Miguel de Unamuno, se moquait des bigoteries de sa mère, défendait des idées socialistes tout en fréquentant les salons bourgeois, participait le matin à des tournois de golf et le soir à des réunions ouvrières, et se rendait la nuit avec quelques amis fortunés dans les bars du barrio Chino.

C'est là qu'il rencontra Paloma, qui travaillait comme serveuse au Chiringuito, et dont il tomba éperdument amoureux.

Ensemble, ils s'installèrent dans un appartement que le père de don Jaime louait pour son fils, et vécurent à la colle, comme on disait alors, dissimulant leur liaison au monde entier.

Au début de leur vie commune, don Jaime prit pour argent comptant toutes les vexations, humiliations et persécutions dont Paloma longuement se plaignait.

Il crut qu'elle était observée dans tous ses faits et gestes par sa voisine de palier, une blonde au derrière inquiet et pour tout dire une allumeuse. Il crut que celle-ci la filait, avec des visées obscures autant que menaçantes, et qu'elle jetait le discrédit sur sa personne en racontant dans tout l'immeuble qu'elle était de mœurs dissolues.

Il crut Paloma contre toute raison, et tout simplement parce qu'il l'aimait.

Il se proposa même d'aller chapitrer la méchante voisine afin de mettre un terme à son manège, et d'exiger sévèrement quelques explications. Que lui voulait-elle ? Pourquoi l'épiait-elle ainsi ? Pourquoi se répandait-elle en odieuses calomnies ?

Il crut Paloma jusqu'au jour où il la trouva, immobile dans la cuisine, le visage traqué, aux aguets :

Je la sens.

Qui ça ?

La voisine.

À travers la cloison ?

Je la sens.

Mais c'est impossible.

Tu ne me crois pas ? Pourquoi ? Tu es de mèche avec elle ? Vous vous êtes ligués ?

Don Jaime, ce jour-là, fut extrêmement décontenancé par le comportement de Paloma. Il le jugea singulier. Puis bizarre. Puis inquiétant. Puis franchement pathologique. Et après mille doutes et interrogations angoissées, il en vint à la conclusion qu'elle délirait. Depuis quelques mois en effet, Paloma, qui se croyait dotée d'un sixième sens, passait la presque totalité de ses jours à épier les bruits venant du logement voisin, des bruits codés, disait-elle en tressaillant, des appels chargés d'allusions inquiétantes, des signaux

229

indéchiffrables que sa voisine envoyait pour entrer secrètement en contact avec don Jaime. Car l'affaire à présent lui devenait parfaitement claire : son amant en pinçait pour l'autre (l'autre, c'est ainsi qu'elle appelait sa voisine, l'autre, ou la pouffe, ou la pute, ou la punaise). Cela crevait les yeux.

Elle a frappé trois petits coups sur le mur, lançait-elle à don Jaime avec un visage de folle et des yeux de folle. Qu'est-ce que tu attends pour aller la sauter ? Elle t'excite, dis-le !

Sors-toi ces idées de la tête, lui répondait don Jaime qui tentait de lui remontrer leur absurdité par des raisonnements logiques.

Mais elle n'en démordait pas. Vas-y ! Pars la rejoindre ! Qu'est-ce que t'attends ? Pars ! Pars !

Et elle se mettait à crier, désespérée, et à le frapper de ses poings en lui lançant des insultes cependant que don Jaime se disait en lui-même qu'il allait foutre le camp pour de bon, mais pour rester seul, seul, seul, seul, seul.

Un jour, Paloma lui annonça qu'elle était enceinte, et don Jaime se prit à espérer que la venue d'un enfant mettrait un terme à ses divagations. Mais Diego vint au monde le 12 juin 1917, et le délire de Paloma ne fit que s'aggraver.

Paloma et Diego vécurent pendant deux ans complètement amarrés l'un à l'autre, inséparés, indistincts, si bien que don Jaime eut l'impression de n'être à leurs yeux qu'un importun, un étranger qui tentait de s'immiscer avec ses gros souliers dans leur bulle idyllique. Et les deux subsistèrent tant bien que mal grâce à l'argent donné par don Jaime, lequel avait fini par s'installer dans une chambre proche et poursuivait sans enthousiasme ses études de droit.

Mais le sentiment délirant que sa voisine la harcelait fit commettre à Paloma des folies, tant il est vrai que l'esprit humain peut devenir un endroit de tourments bien plus cruels encore que tous ceux de l'enfer. Se croyant victime d'un maléfice et en danger de mort, elle déboula un soir chez son ennemie, armée d'une paire de ciseaux avec lesquels elle menaça de lui crever les yeux. Il y eut des hurlements. Des bruits de lutte. Des galopades. Les voisins accoururent. Les gendarmes, prévenus, débarquèrent. Paloma fut amenée au poste avec dans ses bras le petit Diego qui sanglotait. Après quoi, elle fut internée dans un hôpital psychiatrique sous le diagnostic énigmatique de *délire sensitif de Sérieux et Capgras*.

Don Jaime, au désespoir, se résolut à placer le petit Diego dans une famille qu'une assistante sociale lui avait indiquée, une famille d'accueil comme on les désigne en France, mais qui s'avéra avec le temps fort peu accueillante.

Les Fuentes, c'était leur nom, nourrirent l'enfant, le

lavèrent, le couchèrent, l'habillèrent et le conduisirent à l'école, irréprochablement.

Ils lui apprirent à dire merci, pareillement, après vous, s'il vous plaît, bonjour, au revoir, à se tenir droit, à essuyer ses pieds, à manger la bouche fermée, à ne pas répondre aux adultes, et à ne pas leur poser de questions.

Et lorsque le petit Diego, bravant leur interdiction, les interrogeait sur des sujets pressants comme le sont ceux qui occupent les enfants, des sujets concernant l'abandon et la mort, ils le sommaient de se taire, irréprochablement, soucieux de lui inculquer de bonnes manières : pas de questions, pas de mensonges.

Et lorsqu'il leur demandait si sa mère serait encore malade longtemps, combien ? dix jours ? vingt jours ? cent jours ? (car il savait compter jusqu'à cent), ils lui répondaient, irréprochablement, de réviser ses leçons plutôt que de penser à des sottises.

Lors des visites bimensuelles de don Jaime, les Fuentes s'épuisaient en longues dissertations sur la bonne nourriture qu'on donnait à l'enfant, les bons vêtements qu'on lui achetait, et les bons soins corporels que journellement on lui prodiguait.

Mais l'enfant, bien qu'irréprochablement nourri, irréprochablement vêtu et irréprochablement astiqué, ressentait confusément un manque, une détresse dont il ne pouvait déterminer la cause. Il n'y a pas plus mélo, dis-je. Perfectement, me dit ma mère, et je te défends de te burler. C'est lorsqu'il était couché, seul, sans défense, dans le noir, livré aux ombres, sans un mot d'affection, sans un geste d'affection, sans un sourire d'affection, que le désespoir l'inondait et prenait la forme de choses terrifiantes. Alors il appelait au secours, il sanglotait, il ignorait de quoi il avait peur, mais il mourait de peur, et cette peur sans bords décuplait ses imaginations effroyables. (Il devait garder toute sa vie ce sentiment d'insécurité terrible qui finirait, dans les dernières années de sa vie, par tout recouvrir, et le conduire lui aussi à l'hôpital psychiatrique.)

Alors, la mère de famille se rendait d'un pas calme dans sa chambre et lui demandait, irréprochablement, de pleurer moins fort pour ne pas réveiller la maison.

S'il sanglotait encore, le père l'autorisait, irréprochablement, à laisser sa lampe allumée.

Et s'il continuait de pleurer, le père revenait et lui faisait remarquer, irréprochablement, que les peureux étaient à ses yeux les plus lamentables des hommes.

Si bien que l'enfant en vint peu à peu à réprimer devant sa tía et son tío, comme il les appelait, toutes ses émotions, une contrainte que la plupart du temps les hommes ne s'infligent que tardivement. Il apprit à serrer les dents, à taire ses douleurs, à se durcir contre leur lame. Et son visage prit une expression de dureté très surprenante chez un garçon de cet âge, une expression comme on en voit chez ces enfants rescapés des désastres guerriers, une expression qui déchirait, à chacune de ses visites, le cœur de son père.

Lorsque don Jaime se retrouvait seul avec Diego, il lui demandait, inquiet, Tu vas bien mon Dieguito ? Tu n'as pas de chagrin ? Il faut dire à ton papa si tu as un chagrin. Il faut tout dire à ton papa.

Et Diego secouait la tête et disait gravement que tout allait bien, pour la bonne raison qu'il n'était pas en mesure de savoir ce qui n'allait pas.

Mais au moment des au revoir, l'enfant s'accrochait follement aux jambes de son père pour l'empêcher de partir, ne pars pas, ne pars pas, ne pars pas. Si bien que don Jaime, au bord des larmes, devait desserrer les petits poings de son enfant qui s'agrippait à lui avec une force stupéfiante, contraint d'être brutal pour venir à bout de son étreinte, au moment même où il le quittait pour deux longues semaines d'absence. Don Jaime eut cent fois le désir de le prendre avec lui. Mais cent fois il renonça devant ce qui lui semblait être une entreprise impossible pour le célibataire qu'il était. Dès qu'il eut épousé doña Sol, il alla le chercher. Diego avait sept ans.

Après sept mois de guerre civile, Bernanos fit le compte des morts sur l'île majorquine : trois mille assassinats, pendant sept mois qui font deux cent dix jours, égalent quinze exécutions par jour.

Avec une ironie désespérée, il calcula alors que l'île pouvant être traversée en deux heures de bout en bout, un automobiliste curieux pourrait, par conséquent, voir éclater quinze têtes mal-pensantes dans une seule journée, un beau score.

Comment, dans cet air saturé d'abjections, les beaux amandiers de Majorque pourraient-ils encore refleurir ?

Le 28 mars 1937, Montse donna naissance à une fillette.

Tant de choses s'étaient produites dans le village depuis la déclaration de guerre que personne ne s'émut que Montse mît au monde une enfant prétendument prématurée qui pesait 3,820 kilos et se portait comme un charme.

On l'appela Lunita.

Lunita est ma sœur aînée. Elle a aujourd'hui soixante-seize ans. J'en ai dix de moins qu'elle. Et Diego, mon vrai père, est son faux père.

L'arrivée de Lunita fit le bonheur de tous.

Doña Pura, aux anges, s'accorda mille dérogations au plan de sa dignité et fut affectueuse jusqu'au délire. Dès que l'enfant pleurait, elle la prenait entre ses bras osseux, lui murmurait dans un sourire idiot Je vais te faire pam pam au cucul, un cucul qu'avec amour elle saupoudrait de talc comme une pâtisserie, et qu'elle mangeait de baisers extasiés en bêtifiant Qué mona, qué linda, qué hermosa eres, cariño mío, tesoro mío, amor mío, etc.

Doña Sol, béate, la prenait sur les genoux pour la faire sauter en cadence sur l'air de *Arre borriquito, arre burro arre, arre borriquito que mañana es fiesta,* tandis que Lunita s'étouffait de rire.

Diego, qui n'avait pu cacher sa déception le jour de sa naissance car il souhaitait un mâle, et qui avait regardé son petit visage fripé dans une sorte d'incrédulité mécontente, Diego lui faisait boire amoureusement son lolo, attendait amoureusement son petit rot, le petit rot le plus charmant, le plus subtil, le plus lyrique, le plus spirituel et le plus musical du monde, la félicitait pour tant de grâce artistique, puis se dépensait en câlinous débiles et mamours attendris, tu fais risette à ton papa ? tu fais risette, ma chérie ?

Quant à Montse, elle était toute au bonheur de voir son enfant grandir, laquelle se montrait si éveillée, si têtue, et si volontaire sous ses airs de douceur que Montse ne put s'empêcher de penser que la révolution de 36 avait eu un effet inespéré : celui de modifier l'ADN familial, car il ne subsistait trace dans le visage de Lunita de cet air de modestie transmis de génération en génération comme un trait dominant du génome et un appel à l'humiliation.

Quel caractère ! disait don Jaime, émerveillé, lorsqu'elle trépignait de colère devant le refus de la tétine.

Pour Montse, Lunita était là, et tout le reste devenait second. C'est à peine si elle écouta Diego lorsqu'il vint lui annoncer avec un visage de désastre que Guernica et sa population avaient été bombardés sans relâche par la division Cóndor. C'est à peine si elle sourcilla, tant elle était excitée par le fait qu'elle avait cru entendre des lèvres de sa fille adorée, âgée d'un mois, le mot pipi, ce qui augurait, déclara-t-elle avec sérieux, d'une intelligence tout à fait hors du commun.

Montse était folle de son enfant, et elle qui n'avait jamais aimé la rousseur de son mari, voilà que la rousseur de sa Lunita l'émerveillait. Tu es mon petit écureuil, lui murmurait-elle, tu es ma petite renarde, mon petit castor, ma poule rousse, ma rouquine chérie, ma petite loutre, ma roussette, mi caramelo. Et elle lui chantait :

> Dice la gente que tiene
> Veinticuatro horas el día.
> Si tuviera veintisiete
> Tres horas más te querría.

José, à son tour, succomba au charme de l'enfant et sa peine en fut un moment allégée. Montse l'ayant supplié d'être le parrain laïque de Lunita, il s'était laissé fléchir et avait accepté de se rendre chez les Burgos mais à la condition que Diego fût absent lors de ses visites. Il prit son rôle très au sérieux, s'appliqua à bercer l'enfant en lui chantant *L'Internationale*, lui raconta des histoires dont Makhno et Lacenaire étaient les héros, et, entre deux baisers éperdus, lui tint des discours violemment antifranquistes que la petite Lunita écoutait, ravie et gazouillante, tandis que doña Pura, horrifiée, s'enfuyait en courant vers sa chambre. La famille au complet était en plein gâtisme.

C'est à peine si elle fut troublée par les quelques débats qui surgirent à propos de la question du baptême.

Doña Sol et doña Pura pensaient qu'il fallait baptiser la fillette sous peine qu'elle passât, après sa mort, toute l'éternité à errer solitairement dans les limbes, et se chargeaient de recruter un prêtre, s'il en restait.

Diego affirma résolument qu'il était opposé à cette farce.

Don Jaime dit qu'il se conformerait à la décision prise par les parents.

José menaça de faire un malheur si sa nièce adorée était convertie avant même de savoir parler.

Et Montse, partagée, demanda un délai de réflexion.

Le 19 mars 1937, soit neuf jours avant la naissance de Lunita, le pape Pie XI de sainte mémoire publia son encyclique DIVINI REDEMPTORIS, afin de rompre le silence sur le péril intrinsèquement pervers qui menaçait le monde (je cite).

Ce péril menaçant, ce fléau satanique (je cite), c'était le communisme bolchevique et athée qui voulait renverser l'ordre social et saper jusque dans ses fondements la famille chrétienne.

Celui-ci proclamait, entre autres aberrations, le principe de l'émancipation de la femme, se proposant d'enlever celle-ci à la vie domestique et au soin des petits enfants pour la jeter dans la vie publique (je cite) où proliféraient bactéries embusquées et influences malignes de toutes sortes.

Mais le danger le plus grave, et de loin, résidait dans le fait qu'une société humaine fondée sur les principes matérialistes bolcheviques ne pouvait, d'évidence, proposer d'autres valeurs que celles engendrées par le système économique. Sa sainteté le pape Pie XI, trop absorbé par son amour de Dieu, avait-il fait, par inadvertance, une confusion regrettable entre l'économie communiste et l'économie capitaliste ? Probablement.

Pour lui rendre justice, précisons qu'au mois de février 1939, il entreprit, avec une habileté toute vaticane, la rédaction d'une encyclique dénonçant les persécutions du nazisme et les manipulations opérées par les fascistes italiens sur les discours de l'Église. Mais il mourut la nuit qui précéda sa diffusion.

Le 3 mai 1937, José apprit par la radio que, sous l'impulsion des communistes, et comme pour donner raison à sa sainteté le pape Pie XI, un groupe d'assaillants avait fait irruption dans le local de la ville qui était aux mains des libertaires et des membres du POUM, aux fins d'éliminer ces derniers une bonne fois pour toutes.

Après plusieurs jours de combat, les milices communistes finirent par arrêter, écrouer et abattre un grand nombre d'anarchistes et de membres du POUM accusés d'être des renégats à la solde de Hitler. (Ilya Ehrenbourg en écrivant *No Pasarán* se fit l'un des chantres de cette accusation. Le livre, comme c'est étrange, disparaîtrait plus tard de sa biographie officielle.)

Les communistes voulaient depuis longtemps contrôler le jeu politique et liquider de la révolution son contenu libertaire. Ils s'acharnaient depuis longtemps à discréditer par la calomnie ceux qui s'en réclamaient. Mais la calomnie est une méthode pour chochottes. Il s'agissait à présent d'être sérieux. Comment ? En fusillant, pardi. C'est ce qu'ils firent.

José en fut désespéré.

Il le serait plus encore, un mois après, lorsqu'il appren-

drait l'exclusion du groupe anarchiste du gouvernement régional ainsi que la répression violente de ses
membres, la dissolution du POUM et l'arrestation
sauvage de ses militants, et surtout la torture et
l'assassinat de leur dirigeant Andrés Nin (qui avait
eu le mauvais esprit de dénoncer publiquement les
Procès de Moscou) lors d'une opération appelée Niko-
laï commanditée par Staline avec la complicité du
gouvernement légal (*Staline plus savant que tous les
hommes ensemble*, écrivit Neruda, le plus servile des
poètes staliniens, disait José, dit ma mère). Pour couronner le tout, des centaines de collectivités seraient
dissoutes *manu militari* en août 37 par des unités
sous commandement communiste.

De tout ceci, la presse européenne ne pipa mot.

Notons qu'en revanche la PRAVDA du 17 décembre
1936 avait prévenu : « L'épuration des éléments trots-
kystes et anarcho-syndicalistes est commencée, et cette
œuvre sera conduite avec la même énergie qu'elle l'a
été en URSS. »

José apprit ces événements, los Hechos de Mayo
comme on les désigna, par la radio libertaire qu'il
écoutait chaque matin.

À leur annonce, son sang ne fit qu'un tour, il courut
jusqu'à la mairie, il était comme un fou, une colère
folle l'emportait, le poussait en avant, faisait courir
ses jambes. Sur le chemin, il ne vit personne, il ne

vit rien, le sang battait à ses tempes, ses jambes galo-
paient, le sang de sa fureur les faisait galoper. Il fit
irruption dans le bureau de Diego, livide, haletant, les
cheveux en désordre, le cœur emballé, étouffant de
rage, il ne vit pas qu'un groupe de quatre jeunes gens
s'entretenait avec Diego, il ne vit rien, il n'entendit
rien, il ne fit attention à rien, il n'eut aucune pensée,
juste une envie de meurtre.

Il se planta devant Diego, bien en face, et hurla Tu
n'es qu'un salopard de traître.

Et comme Diego le regardait froidement, sans parler,
il hurla,

Ose nier que tes copains ne sont pour rien dans les
événements d'hier !

Pourrais-tu t'expliquer ? dit Diego sans s'échauffer,
d'une voix calme, détachée, uniforme, alors qu'il avait
parfaitement compris de quoi il s'agissait.

Tu n'es qu'un sale traître, hurla José, tu me répugnes.

Fais gaffe à toi, menaça Diego, froidement, posé-
ment, sans élever la voix. Tu pourrais te repentir de
tes paroles.

Les deux hommes se toisèrent.

Si tu n'étais pas le frère de Montse, je te

Diego ne termina pas sa phrase.

Deux des jeunes gens présents dans le bureau se sou-
viendraient sept mois après, lorsque le drame entre
les deux serait commenté de mille manières, du ton

menaçant sur lequel Diego avait proféré ces paroles et de l'avertissement prémonitoire qu'elles contenaient. Ne t'avise plus jamais de prononcer devant moi le nom de ma sœur, hurla José.

Et il sortit à grands pas du bureau sans voir les visages stupéfaits des quatre jeunes gens qui assistaient Diego, dévala la calle del Sepulcro sans voir les réactions de ceux qui le croisaient, effrayés par l'expression folle, sauvage, désespérée de son visage, puis il grimpa chez lui sans voir le regard paniqué de sa mère qui l'attendait inquiète en haut des escaliers et qu'il poussa si violemment qu'elle faillit tomber à la renverse.

Après son départ, Diego, le visage sans expression (juste un tressaillement au coin de la bouche), demanda à ses assistants de le laisser seul : il voulait réfléchir.

Diego avait vaguement caressé, après son mariage, le projet de gagner José à sa cause. Il croyait que sa révolte était une petite fièvre qui se pouvait guérir. Il croyait du reste que toutes les révoltes sont de petites fièvres qui se peuvent guérir. Une tisane de tilleul, un bisou sur la plaie, ou un coup de pied bien placé, et retourne chez ta mère ! Mais non, non. Il comprenait à présent que non. Il comprenait qu'il s'agissait, chez José, de bien autre chose. Il comprenait qu'il s'agissait d'un engagement, comment le dire ? d'un engagement qui était en deçà de sa volonté et en deçà de sa décision, un engagement irrépressible, aussi dangereux et aussi exigeant que celui de l'amour, une implication de tout son sang et de tout... comment le dire ?

Il avait juste une certitude, c'est que la rupture entre lui et José était désormais irrévocable. Mais d'une certaine façon, et bien qu'il eût de la peine à se l'avouer, cette rupture le délivrait. Il pensait qu'elle l'affranchirait enfin du regard si constamment désapprobateur de José, qu'elle l'affranchirait de son esprit de raillerie, qu'elle l'affranchirait de l'incrédulité qu'il manifestait devant les dogmes les plus incontestables, et qu'elle l'affranchirait surtout de son infernale, de son increvable, de son irrémédiable pureté.

Et peut-être le délivrerait-elle aussi de la vieille jalousie d'enfance qui pesait encore en son cœur. Car, curieusement, depuis qu'il avait épousé Montse, sa vieille jalousie qu'il avait plus ou moins réussi à dissimuler en la maquillant d'arguments politiques, sa vieille jalousie n'avait fait que grandir. Il ne pouvait se défaire du sentiment que José était plus aimable que lui, plus séduisant, plus magnétique, plus espagnol, qu'il possédait cette chose si mystérieuse et féminine qui s'appelle le charme, et que son épouse Montse ne pouvait faire la comparaison, à supposer qu'elle la fît, qu'en sa défaveur.

Certains prétendirent que cette jalousie, que cette

blessure de Diego devant la grâce de José dont il se croyait privé, fut en partie à l'origine du drame qui surviendrait bientôt et qui constituerait l'épilogue funèbre de leur histoire.

Je t'aime, me dit ma mère en me prenant la main.

En juillet 37, parut la lettre collective de l'épiscopat espagnol.

La lettre était signée par tous les évêques et archevêques qui exprimaient leur approbation plébiscitaire à la dictature de Franco et leur volonté d'engager les forces de Dieu pour lutter contre les forces du mal par tous les moyens possibles.

Les signataires étaient :

† ISIDRO, card. GOMÁ Y TOMÁS, archevêque de Tolède ;

† EUSTAQUIO, card. ILUNDÁIN Y ESTEBAN, archevêque de Séville ;

† PRUDENCIO, archevêque de Valence ;

† MANUEL, archevêque de Burgos ;

† RIGOBERTO, archevêque de Saragosse ;

† TOMÁS, archevêque de Santiago ;

† AGUSTÍN, archevêque de Grenade, administrateur apostolique d'Almería, de Guadix et de Jaén ;

† JOSÉ, évêque-archevêque de Majorque ;

† ADOLFO, évêque de Cordoue, administrateur apostolique de l'évêché-prieuré de Ciudad Real ;

† ANTONIO, évêque d'Astorga ;

† LEOPOLDO, évêque de Madrid et d'Alcalá ;

† MANUEL, évêque de Palencia ;

† ENRIQUE, évêque de Salamanque ;

† VALENTÍN, évêque de Solsona ;

† JUSTINO, évêque d'Urgel ;

† MIGUEL DE LOS SANTOS, évêque de Carthagène ;

† FIDEL, évêque de Calahorra ;

† FLORENCIO, évêque d'Orense ;

† RAFAEL, évêque de Lugo ;

† FÉLIX, évêque de Tortosa ;

† ALBINO, évêque de Ténériffe ;

† JUAN, évêque de Jaca ;

† JUAN, évêque de Vich ;

† NICANOR, évêque de Tarazona, administrateur apostolique de Tudela ;

† JOSÉ, évêque de Santander ;

† FELICIANO, évêque de Plasencia ;

† ANTONIO, évêque de Chersonèse de Crète, administrateur apostolique d'Ivice ;

† LUCIANO, évêque de Ségovie ;

† MANUEL, évêque de Curio, administrateur apostolique de Ciudad Rodrigo ;

† MANUEL, évêque de Zamora ;

† LINO, évêque de Huesca ;

† ANTONIO, évêque de Tuy ;
† JOSÉ MARÍA, évêque de Badajoz ;
† JOSÉ, évêque de Gérone ;
† JUSTO, évêque d'Oviedo ;
† FRANCISCO, évêque de Coria ;
† BENJAMIN, évêque de Mondoñedo ;
† TOMÁS, évêque d'Osma ;
† ANSELMO, évêque de Teruel-Albarracín ;
† SANTOS, évêque d'Ávila ;
† BALBINO, évêque de Málaga ;
† MARCELINO, évêque de Pampelune ;
† ANTONIO, évêque des Canaries ;
Hilario Yaben, vicaire capitulaire de Siguënza ;
Eugenio Domaica, vicaire capitulaire de Cadix ;
Emilio F. García, vicaire capitulaire de Ceuta ;
Fernando Álvarez, vicaire capitulaire de León ;
José Zurita, vicaire capitulaire de Valladolid.

Tous les prêtres d'Espagne, pour la plupart modestes, pour la plupart éloignés du pouvoir et pour la plupart proches du peuple, se plièrent de gré ou de force aux principes promus par cette lettre de soutien inconditionnel au général Franco et durent mettre leur soutane par-dessus leur conscience. Nombreux furent ceux qui le payèrent de leur mort.

Dans un journal français du 27 août 1937, Paul Claudel donna son approbation enthousiaste à cette lettre collective. Il avait précédemment exprimé avec la même ferveur son soutien à Franco et à sa croisade sublime. Que Franco, ce triste personnage, emportât l'adhésion d'esprits dits excellents était pour Bernanos une chose inconcevable. « Sans doute, écrivait-il, n'aurais-je jamais parlé du général Franco si vous n'aviez prétendu faire d'un Galliffet de cauchemar, une sorte de héros chrétien à l'usage français... Pourquoi diable exigerait-on de moi que j'admire une sorte de général qui se fait de sa légitimité personnelle une idée d'autant plus féroce qu'il s'est parjuré lui-même deux fois envers ses maîtres ? »

Claudel, disais-je, approuva la lettre collective de l'épiscopat espagnol avec une passion égale à celle qu'il mettait à détester les Juifs et à soutenir que le mal français venait bien davantage des ouvriers protestataires que de Hitler ou de Mussolini.

Certains se laissèrent abuser par cet argument. Pas Bernanos. « À en croire les bien-pensants, écrivit-il, l'ouvrier français, comblé, crèverait de bien-être », et de rappeler les conditions de vie épouvantables de ces derniers.

Bernanos avait compris qu'en aboyant contre les ouvriers français, Claudel et quelques autres ne faisaient que couvrir le bruit produit par les deux tyrans avec leurs bottes et leurs jaculations. Et il repoussa sans une hésitation toute complicité dans l'entreprise infecte de rendre les ouvriers français seuls responsables de la faillite d'un régime.

La révolution est-elle mort-née ? se demandait José en regardant sa mule noire tourner autour de la noria. Dois-je faire le deuil de la vie dont j'avais tant rêvé à Lérima ? Est-ce là ce qu'on appelle mûrir ? Cette défaite ?

Par la bouche de Diego, les discours communistes qui rabâchaient, selon la technique bien éprouvée de la propagande, que les libertaires étaient les alliés objectifs de Franco, semblaient avoir bien pris auprès des villageois. Si bien que José chuta progressivement dans leur estime, jusqu'à devenir un objet de réprobation publique. Une brebis galeuse.

Les petits propriétaires le blâmaient au nom de la propriété foncière (qu'il avait voulu anéantir), les journaliers au nom de l'organisation du travail (qu'il avait contestée), les dévotes au nom de la religion (qu'il avait blasphémée en peignant de rouge la couronne de la Vierge), les délicats et délicates au nom de la délicatesse (qu'offensaient ses jurons bien sentis et un beau répertoire d'imprécations), et Diego au nom d'une vieille rivalité d'enfance (opportunément convertie en haine politique).

Dans un premier mouvement, la réaction de José, aussi logique que paradoxale, fut de se replier d'autant plus vigoureusement sur son utopie libertaire qu'elle était violemment décriée.

Il disait que rien, jamais, ne viendrait à bout d'elle. Qu'elle était une lueur tremblante au fond d'un puits d'espoir. Un souffle généreux dans un monde cafard. Il disait que l'avoir hébergée ne fût-ce qu'un moment, avait fait de lui, à tout jamais, un autre. Il disait que l'Espagne était la seule terre où elle pouvait croître. Et les jours de grande inspiration, il disait qu'elle était cette fleur dont les graines enterrées durant des millénaires conservent inentamé leur pouvoir de fleurir. Que les clebs obéissent à Diego, moi j'obéis à ma chimère ! lançait-il à sa mère, qui le regardait éberluée et profondément inquiète.

Puis, insensiblement, sa foi se fit chancelante. Il déchanta. Ou plus exactement il traversa une période où il ne put ni croire tout à fait en son rêve, ni y renoncer tout à fait. Il se mit à dire, en substance, que les hommes étant ce qu'ils sont, c'est-à-dire imparfaits, c'est-à-dire très imparfaits, c'est-à-dire très très imparfaits, et la société qu'ils forment soumise au jeu mouvant de leurs désirs et de leurs fantasmes, ce qu'il défendait désormais était l'idée d'une utopie déniaisée, une utopie rouge comme le sang et noire comme l'âme, une utopie avertie, clairvoyante, nettoyée de ses fumigènes illusions, autrement dit impossible, autrement dit inatteignable, mais à laquelle il fallait

250

tendre sans trêve et jusqu'au plus haut niveau accessible d'émancipation. Voici pour le discours.

Mais une faille s'était ouverte en lui que ce discours ne pouvait colmater. Et le chagrin, qu'il avait éprouvé dans le café des Ramblas face à la haine des tueurs de son camp, ce chagrin qu'il avait réussi à tenir quelque temps en respect, le submergea. Et une forme d'amertume commença de poindre. Tout ça ne pouvait que mal finir, disait-il, c'était couru. Je me suis dépensé en pure perte, disait-il, ça m'apprendra. Les espérances à la trappe, disait-il, cette saloperie.

Ce rêveur définitif qui avait perdu définitivement son rêve s'abîma dans un deuil qui était le deuil de sa révolte, le deuil de son enfance et le deuil de son innocence, et accusa Diego d'en être seul coupable.

Diego devint son idée fixe.

Son ennemi idéal.

Après los Hechos de Mayo, il lui devint haïssable, encore plus haïssable, encore plus impardonnable qu'avant.

Il l'accabla de son mépris.

Il répéta cent fois par jour que ce chien avait trahi la révolution car il parlait de la révolution comme il aurait parlé d'une amante, ce qu'elle était pour lui, je crois. Que ce chien l'avait avilie. Que ce chien l'avait dévoyée. Que ce chien l'avait suicidée. Que ce chien l'avait conchiée sous le couvert de la servir, car il n'avait pas compris qu'avant de se réclamer d'elle il fallait commencer par la faire en soi-même. Il le démontrait à sa mère, qui soupirait Ça le reprend dans une résignation consternée, puis il le démontrait à la Maruca l'épicière, qui l'écoutait avec la patience des adultes écoutant des histoires d'enfants, puis il le démontrait pour la centième fois à Juan qui, pour l'en distraire, l'entraînait au café de Bendición.

Un vermouth, commandait José.

Deux, disait Juan.

Dans le café, les conversations portaient sur les quantités d'olives que les oliviers donneraient cette année.

Il n'y a que ça qui les intéresse, disait José.

Les olives et le cul, disait Juan.

Et la Sainte Vierge, disait José.

Ça va ensemble, disait Juan.

Après quoi, les deux tombaient dans un silence morne.

Et Rosita ? demandait soudainement José.

Quoi, Rosita ? disait Juan.

Toujours à la cantine ? disait José.

Non, disait Juan, elle s'éclate à Paris, et il partait d'un rire sombre.

Puis les deux retombaient dans le silence.

Regarde-moi ces cons ! s'exclamait José tout à coup.

C'était son moment métaphysique. Les hommes, disait-il, le front barré de deux sillons, les hommes ont de plus en plus tendance à s'abuser et se mentir, c'est un

252

progrès, mais à rebours ; ils se laissent gruger avec délectation par le premier qui parle fort et qui leur dit Suivez le guide ; ils sont peureux, rampants et prompts à s'asservir, et leur servile peur leur tient lieu de morale ; ils se consolent de la mort de leur épouse plus vite que de la perte d'un bien, je l'ai maintes fois constaté ; c'est peu de dire qu'ils sont lâches et que ce qu'ils baptisent mala suerte n'est rien d'autre que le nom qu'ils donnent à leur lâcheté ; faibles donc vindicatifs, ils ....; et la litanie des noirceurs et bassesses humaines qu'il inventoriait sombrement pouvait ainsi se prolonger durant des heures face à un Juan tout aussi sombre qui commandait,
Un autre vermouth por favor.
Car il lui fallait, d'urgence, un remontant.

Une nouvelle phase s'amorça dans la vie de José lorsqu'il en vint à s'autoaccuser avec une violence telle qu'elle effraya sa propre mère.

Il se maudit. Se fustigea. Se détesta.

Il vomit ce qu'il avait adoré.

Il divorça d'avec lui-même.

Par une criminelle bêtise, disait-il, il avait cru entrer au paradis, mais c'était un paradis pour caniches.

Comment avait-il pu être aussi ridiculement puéril ?

Quant à la Pureté, l'Enfance infinie, le lait et le miel, les prairies fraternelles, les aspirations sublimes de l'âââme : Des inepties ! Des attrape-cons ! De piètres consolations inventées par des minables comme lui que le monde blessait et qui s'en protégeaient par de vagues chimères.

Il fallait s'en purger. En vitesse. Et sans larmes.

Détruire ces châteaux. Cracher cette guimauve.

Dès lors, il se mit à rouler des pensées ténébreuses, à verser sur toutes choses la cendre des endeuillés, à dire l'Espagne va au tombeau, c'est fatal, à dire Tout est foutu, jodido, je n'espère plus rien, à dire Les affaires du village je m'en bats l'œil, rien à battre, plus rien à battre de rien.

Et lui qui avait affirmé jadis, non sans panache, que mieux valait être un lion mort qu'un chien vivant, il se mit à maugréer qu'il vivait comme un chien.

Vivant ? Il se le demandait.

Son caractère s'aigrit.

Un pli amer creusa sa bouche.

Il devint irascible. Il prit plaisir à torturer sa mère.

Il la brusqua. Il lui dit des mots durs. Il lui parla sur un ton constant d'exaspération.

Il donna des coups de pied dans le ventre des chiens.

Il eut des emportements inexplicables.

On avait l'impression qu'il cherchait confusément je ne sais quoi d'irréparable et de définitif.

Dans le village on disait Quel rabâcheur ! Il bassine.

Il pourrait changer de musique !

Son isolement inquiétait. Sa noirceur rebutait. On se mit à le fuir.

On n'eut de cesse de le dénigrer.

On le trouva mauvais perdant.

On fit le compte de ses faiblesses.

C'est tout juste si on lui rendit son salut.

On dit Je vous l'avais bien dit.

On dit Voilà où l'ont mené ces idées grandioses. Elles lui ont tourné la tête.

Les rumeurs extravagantes qui avaient circulé sur son compte au début de l'été retrouvèrent du crédit.

Le critiquer devint la mode. Et tous s'y mirent. Même les plus indifférents. Pour ne pas avoir l'air d'être plus dupes que les autres.

On se délecta de sa chute.

Et Diego plus qu'un autre, qui le regardait tomber

comme d'autres regardent les accidents de bagnole, ou les exécutions.

Au début du mois de décembre 1937, le bruit courut dans le village (l'un des employés de don Jaime ayant imprudemment parlé) qu'un petit groupe de phalangistes, menés par le régisseur El Perrito, allait prendre d'assaut la mairie.

Le premier soin de Diego fut d'en informer les autorités régionales, qui lui promirent d'expédier deux véhicules de gardes d'assaut pour écraser l'éventuelle attaque.

Dès qu'ils eurent vent de la chose, José et Juan y virent l'occasion de s'arracher à leur affreux marasme, de s'arracher à leur hébétude mortelle, de s'arracher à l'apathie profonde à laquelle ils commençaient de s'habituer et progressivement de se complaire. Car, depuis des mois, ils languissaient, impuissants et amers, méchants pour se distraire, s'essayant aux ricanements sardoniques (très étrangers à leur nature), et refusant de se commettre avec ceux de leur âge qui vivaient et pensaient, disaient-ils, comme des porcs, le désespoir n'est pas à la portée de tous.

L'idée d'en découdre leur procurait enfin un soulagement inespéré. Ils allaient se battre. Ça allait chier. On allait voir ce qu'on allait voir. Et leur désir d'héroïsme à nouveau s'enflammait. À moins que ce ne fût leur détresse.

Ils informèrent Diego qu'ils s'associaient à son action et lui prêteraient main-forte, le jour prévu. Il fallait passer par-dessus les discordes et se montrer à la hauteur des circonstances.

Diego ne put qu'accepter.

Alors, sans que fût engagée la moindre concertation entre les uns et les autres, ils se jetèrent tête basse dans une action bravache que le bon sens aurait dû sévèrement désavouer.

Personne ne sut dire avec exactitude comment les choses se passèrent. Tout ce qui fut rapporté par la suite demeura confus, fragmentaire, et très contradictoire. Mais l'on put reconstituer à peu près ce qui suit.

Le 16 décembre, les phalangistes menés par El Perrito installèrent derrière la maison du Peque des pièces d'artillerie qu'ils s'étaient procurées nul ne savait comment. Le groupe était constitué des cinq ouvriers agricoles travaillant pour le compte de don Jaime, tous très attachés à ce dernier qu'ils respectaient comme un seigneur du Moyen Âge, et qui s'étaient laissés convaincre par le régisseur de la légitimité d'une attaque qui arracherait le pouvoir au Fils renégat, c'était du Shakespeare. Le régisseur, notez-le, avait conçu son plan tout à fait indépendamment de don Jaime, contrairement à ce que certains esprits mal intentionnés insinueraient par la suite.

José et Juan se postèrent plus haut, à hauteur du

champ des Murcia, en sentinelles, couchés dans l'herbe derrière un muret de pierres, chacun armé d'un fusil de chasse et attendant, fébrile, l'arrivée des gardes d'assaut.

Diego et les quatre jeunes communistes qui d'ordinaire l'escortaient s'étaient dissimulés derrière la maison des Aznar, tous armés de fusils et ceinturés de grenades, et prêts à cerner la maison du Peque derrière laquelle les phalangistes étaient embusqués.

L'attaque se produisit lorsque les véhicules des gardes d'assaut arrivèrent à hauteur des phalangistes, aussitôt rejoints par José et Juan et le petit groupe commandé par Diego.

On sait qu'il y eut des cris, des hurlements, des bousculades, tout un affolement. On sait que des obus éclatèrent, que des balles furent tirées au petit bonheur, que des ordres et des contrordres furent donnés, qu'une fumée épaisse empêcha de voir qui tirait sur qui. On sait qu'il y eut, pour résumer, une immense confusion.

Six hommes furent abattus.

Le régisseur et deux de ses hommes furent faits prisonniers.

Juan, Diego et trois de ses assistants furent épargnés.

Les gardes d'assaut repartirent indemnes.

José fut touché en pleine poitrine par un coup de feu dont l'origine ne put jamais être établie. Jeté brusquement à terre, il tâta la plaie indolore qui ouvrait sa poitrine, regarda ses doigts pleins de sang, murmura dans une colère désespérée Qu'est-ce qu'ils m'ont fait ?, essaya de bouger ses jambes qui restèrent inertes, voulut crier Juan sans en trouver la force et appela au secours des images aimées qui ne vinrent jamais. Il entendit des détonations, de courtes rafales, des cris de douleur, des jurons, de lointains aboiements. Puis les coups de feu peu à peu s'assourdirent, tous les bruits peu à peu s'assourdirent, et il se sentit glisser lentement dans quelque chose de tiède, de fade et d'envahissant. Seul face au ciel immense. Sans une main amie. Sans un regard d'amour. Solito como la una (ma mère ici essuie une larme).

Lorsque le bruit des armes eut cessé, Diego appela José, plusieurs fois, le rechercha dans une angoisse atroce, et découvrit son corps étendu, immobile, sur le sol glacé.
Il se pencha sur lui. Passa doucement son bras sous sa tête. La souleva. Puis la reposa, impuissant.
Avant de rentrer chez lui, il envisagea un instant de cacher la mort de José à Montse.
Il ouvrit la porte.
Il était livide.
Montse vit aussitôt sur le visage de son époux que quelque chose de terrible avait eu lieu.

Que s'est-il passé ?
Diego resta muet.
Montse, follement inquiète, lui reposa la question.
Devant le silence de Diego qui se prolongeait, elle dit
d'une voix vide Mon frère...
Diego, sans la regarder, lui dit Oui.
Montse s'appuya sur le mur pour ne pas tomber.

Trois jours après, on enterra José, et tous les villageois
suivirent le cortège. La mort de celui que l'avant-veille
ils qualifiaient encore d'écervelé, de farfelu, d'irréaliste
et de déséquilibré, suscita leurs regrets unanimes et
une grande variété de gémissements. José, dans le
village, devint le regretté José.
Montse sombra dans un chagrin immense, un chagrin
qui la rendit effroyablement absente et effroyablement
insensible, si effroyablement insensible qu'elle ne
réagit plus aux nouvelles de la guerre qui étaient loin
d'être fameuses, et ne répondit plus aux sourires de
Lunita ni aux gestes affectueux que lui prodiguaient
les siens.
Elle cessa de rendre visite à sa mère qui n'arrêtait pas
de gémir Ah si mon José était là pour manger des
figues ! Ah s'il était là pour ci ! Ah s'il était là pour
ça ! et de renifler son chagrin en toutes occasions,
pour la plus grande délectation de ses voisines.
Elle cessa de chanter les chansons de Carlos Gardel

et de Juanito Valderrama, passa ses journées prostrée dans sa chambre, cessa de poser des questions à son mari, et offrit un visage indéchiffrable chaque fois qu'il était, devant elle, question de « l'événement ».

Son chagrin était sans mesure. Il se mua en folie lorsque Rosita lui rapporta que la rumeur courait dans le village que Diego avait abattu son frère.

Car les villageois étaient bien plus renseignés sur l'inimitié entre les deux hommes qu'on n'aurait pu l'imaginer. Par on ne sait quelles voies obscures, les villageois finissaient toujours par découvrir les choses les plus cachées, les plus intimes, et échafaudaient à partir de ces découvertes des fictions romanesques auxquelles ils finissaient par croire.

L'attaque de décembre déchaîna leurs fictions. Et celles-ci se conjuguant à leur désir invétéré de trouver des coupables à toutes choses, ils en vinrent à désigner Diego, unanimement et sans preuve aucune, comme le meurtrier de José.

Cette calomnie, qui rendit Montse folle de douleur, plongea Diego dans un désespoir d'autant plus profond que lui-même à présent s'accusait, après s'en être d'abord défendu, d'avoir conduit, par son imprévoyance, des jeunes hommes à la mort.

Il s'ivrogna avec ponctualité.

Chaque soir, avant d'aller se coucher, il prit l'habitude d'avaler de l'eau-de-vie en quantités telles qu'il tombait terrassé sur son lit, où il s'endormait brusquement avec des grognements de porc. Mais parfois, avant de chuter dans le sommeil, le désir le prenait de faire l'amour à sa femme, il la suppliait, elle refusait, il immobilisait ses bras avec une force terrible, elle lui disait Laisse-moi por favor, il l'écrasait de tout son poids, elle se débattait en roulant sa tête en tous sens, il essayait de ses genoux d'écarter ses cuisses qu'elle tenait serrées, elle lui disait Ne me touche pas, ne me touche pas ou je hurle, il soufflait bruyamment sur son visage son haleine avinée, elle se débattait comme un animal sauvage, il lui murmurait Te quiero nena, d'une voix traînante, pathétique, d'ivrogne, elle le repoussait avec dégoût, lançant de grands coups de pied pour se dégager de son étreinte, puis elle se mettait à crier très fort au risque de réveiller toute la maisonnée Arrête ! Arrête ! Arrête ! et elle finissait par lui échapper, se réfugiant dans la chambre voisine où elle s'enfermait à double tour.

Diego tombait d'un bloc dans un sommeil de brute, se réveillait en sueur, se tournait vers Montse, la cherchait à tâtons, mais la place était vide. Il se levait. Sa tête était lourde. Le sol de la chambre tanguait. Il chancelait. À peine était-il debout que sa douleur se rallumait, intacte, et que ses remords l'assaillaient avec la même virulence que la veille. Alors il se livrait, pour les combattre, à la récapitulation interminable de ses justifications. S'il avait eu quelquefois le désir que José s'en allât le plus loin possible, s'il avait vécu sa présence comme une continuelle provocation, si son visage lui était apparu souvent comme un reproche, s'il avait observé sa chute avec une sombre, une indicible satisfaction, jamais jamais jamais il n'avait souhaité sa perte, c'est ce qu'il se répétait.

Un jour qu'il se rendait à la mairie sans le moindre enthousiasme, il décida de faire un détour par le café de Bendición.

Quand il entra, le silence se fit.

Il eut envie de repartir séance tenante, mais n'en laissa rien paraître.

Il commanda une anisette, l'avala d'un trait, salua du menton le groupe de vieux qui jouaient aux dominos, puis retraversa la salle que l'hostilité à son endroit avait rendue muette.

Il rentra chez lui extrêmement troublé de constater que quelque chose s'était irrévocablement brisé entre lui et les gens du village. Un de ses jeunes assistants le confirma : on disait désormais, avec des sourires entendus, qu'à la mairie ça sentait le roussi.

Dès lors, on le vit changer.

Lui si chatouilleux sur son apparence et toujours impeccable, n'apporta, désormais, aucun soin à sa mise, ne ferma plus sa vareuse dont les poches

263

bâillaient, et laissa sa chemise sortir de son pantalon, on dirait un mendiant, lui disait doña Pura.

Parallèlement, l'assurance en ses anciennes convictions commença de vaciller.

Le corps mort de José gisait dans son esprit et lui faisait regarder toutes choses autrement. De plus en plus souvent, il se disait que José avait, peut-être, vu juste lorsqu'il dénonçait la ligne du Parti qu'il avait pour sa part soutenue avec une intransigeance sans faille. Quant aux idées libertaires, auxquelles il goûtait comme à un fruit défendu, elles instillaient en lui le lent poison du doute, et ce doute ne cessait de s'étendre. Mais à quoi s'accrocher, se disait-il, lorsque tout vacille ? À qui se fier, à quels modèles, à quels systèmes ? Et comment continuer de se battre ?

Le rôle de responsable du village qu'il avait occupé avec tant de fierté à présent lui pesait, et c'est à reculons qu'il se rendait à la mairie, les affaires politiques lui inspirant désormais une forme de dégoût. Il envisagea même d'abandonner ses fonctions et se mit à souhaiter la fin de la guerre, qu'elle fût perdue ou gagnée, qui le délivrerait de ses charges.

Il vieillit d'un seul coup.

Il avait vingt ans. Il en parut trente.

C'est à cette époque-là que les premières craintes paranoïaques s'insinuèrent en son âme inquiète. Se sentant, sinon franchement accusé, du moins blâmé par sa propre famille, il se prit à imaginer que son père le méprisait et que Montse le considérait avec aversion. Et l'idée le traversa, pour mieux s'innocenter, de se faire sauter la cervelle.

Lui qui avait toujours été si défiant à l'égard de tout et de tous, lui dont on peut dire que la défiance avait été l'un des traits les plus saillants de son caractère, il en vint à se figurer que tout le village était contre lui, au point qu'il se crut l'objet d'une machination.

Il commença de croire qu'on le regardait d'un sale œil, que quelque chose se tramait dans son dos et qu'on cherchait par mille moyens à lui nuire.

De ce jour, il fut dans une tension extrême, s'enfermant dans son bureau à triple tour, sursautant au moindre bruit, et portant à la moindre alerte sa main au pistolet qu'il avait en permanence accroché au ceinturon.

Pendant quelques années, il composa plus ou moins bien avec ces menaces conspiratrices auxquelles la guerre donnait une justification. Ce n'est que bien plus tard, après avoir émigré en France, qu'il serait pris d'un véritable délire de persécution qui le conduirait par deux fois à l'hôpital psychiatrique.

Don Jaime lui aussi changeait.

Le comportement des nationaux dans les villes conquises l'avait écœuré. Sa famille lui pesait. Son fils l'inquiétait. Et la tristesse de Montse lui était insupportable.

Il ne se plaisait plus qu'en compagnie des paysans du coin, lesquels n'étaient pas sans calcul à son endroit et espéraient profiter un jour de ses largesses. Lui, en revanche, négligeait ses terres dont il laissait désormais l'entière charge à un jeune homme qui répondait au nom de Fermín, et passait presque tous ses après-midi au café de Bendición à jouer des parties de dominos avec d'autres hommes de son âge, ce qui explique peut-être l'embonpoint qui lui vint brusquement sur le ventre.

Dans les mois qui suivirent, tout le potentiel de violence du village, qui s'était manifesté jusque-là par des imputations calomnieuses somme toute banales et quelques polémiques énervées, se réactiva brusquement avec une force terrible et qui n'était pas due qu'à la nouvelle lune.

Chacun fut sur ses gardes.

Chacun regarda l'autre comme un ennemi en puissance.

On ne se risqua dans la rue qu'après avoir scruté les entours, dans la crainte qu'un tireur dissimulé ne se livrât à une fusillade.

Il n'était pas exclu que des actes désespérés fussent commis, ou des embuscades tendues par quelques fanatiques.

On redouta surtout qu'un guet-apens aussi tragique
que le précédent ne se renouvelât.
Tout le monde eut peur de tout le monde.
L'acrimonie et la méfiance furent dans tous les cœurs.
Et chez certains, la haine.
La fin de cette année 37 fut, dit ma mère, l'une des
plus noires, l'une des plus tristes dont elle se souvenait.
La tristesse de Montse coïncida avec le pressentiment
partagé que la guerre, du côté républicain, s'achemi-
nait vers la défaite.

3

Dès son retour en France, Bernanos travailla avec acharnement à la rédaction finale des *Grands Cimetières sous la lune*. Installé à Toulon, le vieux lion aux yeux clairs se rendit tous les jours en moto au Café de la Rade, au risque de passer pour un ivrogne. C'est là qu'il termina son texte le plus noir. Le 16 avril 1938, *Le Figaro* en publia des extraits. Le 22 avril, le livre sortit en librairie. La presse de gauche applaudit. La presse de droite bouda, quand elle ne fut pas violemment hostile. Depuis Madrid, l'épiscopat espagnol réclama la condamnation à l'Index par Rome de cette œuvre inspirée par Satan. Simone Weil, jeune agrégée de philosophie, envoya à Bernanos une lettre d'admiration qu'il conserva dans son portefeuille jusqu'à ses derniers jours.
Ne pouvant détacher ses pensées de l'Espagne, Bernanos forma bientôt le projet de repartir loin, loin,

très loin de son pays qui, selon lui, s'était renié, et loin de L'Europe qui, disait-il, était devenu totalitaire. Continuer à y vivre était au-dessus de ses forces. Après avoir passé avec son épouse une dernière soirée française en compagnie de José Bergamín, Bernanos et sa famille embarquèrent à Marseille le 20 juillet. Escale à Dakar. Cap sur le Brésil. Puis direction le Paraguay.

Après ce lugubre hiver 37, Montse retrouva peu à peu le goût de vivre. À force de penser à son frère, elle finit par se dire que sa mort était peut-être une mort obscurément désirée, l'adieu orgueilleux à un monde qui n'était plus le sien depuis longtemps, un monde qu'il avait rejeté avec rage pour ne pas, au fond, lui ressembler, pour ne pas, comme elle, prendre de la vie le mauvais comme le bon, le mal comme le bien et, comme elle, s'en arranger puis se réjouir de s'en arranger. Et la mort de José lui parut un peu moins absurde. Tout aussi inacceptable, tout aussi vaine, mais un peu moins absurde.

Ma mère a oublié l'année 1938 et toutes celles qui ont suivi. Je n'en saurai jamais que ce qu'en disent les livres.
Elle a oublié les petits événements (petits au regard

de l'Histoire et perdus pour toujours) et les grands (que j'ai pu retrouver).

Elle a oublié qu'en 38 les mauvaises nouvelles assombrirent le ciel d'Espagne, et que l'armée républicaine perdit chaque jour du terrain.

Elle a oublié qu'au mois de mars de la même année, la brigade Botwin, constituée de volontaires juifs venus de tous pays, fut entièrement décimée.

Elle a oublié que la grande ville où elle avait connu le plus bel été de sa vie, et sans doute le seul, elle a oublié que cette grande ville tomba en loques, ses glorieuses banderoles en loques, ses affiches rouges en loques, ses rues désertes en loques, tout comme le moral de ses habitants.

Elle a oublié qu'en septembre les accords de Munich furent signés, et Daladier acclamé pour les avoir signés (Cocteau criant : Vive la Paix Honteuse ! Bernanos, au désespoir, déclarant : La paix honteuse n'est pas la paix ; Nous buvons tous ici la honte à pleine gorge, à pleine gueule ; Une honte irréparable ; Nous en porterons toute la responsabilité devant l'Histoire.)

Elle a oublié que le 30 avril, le Premier ministre Negrín constitua un gouvernement d'Union nationale dans l'idée qu'il ne s'agissait plus désormais de vaincre mais d'entrer en négociation avec le général Franco, lequel, bien entendu, refusa.

Au mois d'août 38, la guerre se rapprocha dangereusement de la région où Montse vivait. Ce fut le dernier sursaut de l'armée républicaine. Et dans son village, une lutte à mort entre les deux camps.

À l'annonce, en février 39, de la victoire franquiste par El Peque, le cantonnier qui s'était promu *pregonero*, la haine s'enflamma et devint littéralement folle.

Les revirements furent brutaux. Les représailles terribles.

Juan fut exécuté et les deux jeunes assistants de Diego, qui n'avaient pas dix-huit ans, torturés puis fusillés.

Rosita et Carmen la secrétaire de mairie, après avoir eu leurs genoux tailladés à coups de lame, furent contraintes de nettoyer à quatre pattes le sol de l'église infréquentée pendant trois ans, sous les rires épais, les crachats et les injures de ceux qui, convertis de la veille, criaient à présent Arriba Franco, Arriba España, le bras fièrement tendu.

Manuel fut enfermé sans jugement dans la prison de R. avec des anarchistes andalous qui lui apprirent à chanter ces *carceleras* dont la mélodie vous poigne le cœur.

Bendición et son mari accrochèrent dans leur café une pancarte qui portait ces mots : NOSOTROS NO VENDEMOS NUESTRA PATRIA AL EXTRANJERO.

Diego eut le temps de s'enfuir pour rejoindre la

11ᵉ division du lieutenant-colonel Lister, qui se retirait avec ses troupes vers la frontière française. Ma mère, sur les conseils de son mari, quitta son village juste avant que ne sévissent les vengeances.

Elle partit le matin du 20 janvier 1939, à pied, avec Lunita dans un landau, et une petite valise noire où elle avait rangé deux draps et des vêtements pour sa fille. Une dizaine de femmes et d'enfants l'accompagnaient. Le petit groupe rejoignit la longue cohorte de ceux qui fuyaient l'Espagne, encadrés par la 11ᵉ division de l'armée républicaine. Ce fut ce que, pudiquement, on appela la *Retirada*. Une colonne interminable de femmes, d'enfants et de vieillards, laissant derrière elle un sillage de bagages crevés, de mules mortes allongées sur le flanc, de pauvres hardes gisant dans la boue, d'objets hétéroclites emportés à la hâte par ces malheureux comme des fragments précieux de leur chez-soi puis laissés en route quand l'idée même d'un chez-soi avait totalement disparu des esprits, quand d'ailleurs toute pensée avait disparu des esprits. Pendant des semaines, ma mère marcha du matin jusqu'au soir, garda la même robe et la même veste raides de boue, se lava à l'eau des ruisseaux, s'essuya à l'herbe des fossés, mangea ce qu'elle trouvait sur les chemins ou la poignée de riz distribuée par les soldats de Lister, ne pensant à rien d'autre qu'à mettre un pied devant l'autre et à s'occuper de sa fillette à qui elle imposait ce calvaire.

Bientôt elle abandonna le landau devenu trop encombrant et fit, d'un drap noué autour de ses épaules, un berceau pour Lunita, qui devint comme une partie d'elle-même. C'est ainsi qu'elle avança, plus forte et plus libre maintenant qu'elle portait sa fillette contre son corps.

Elle eut faim, elle eut froid, elle eut mal dans les jambes et dans tout le corps, elle dormit sans dormir, tous ses sens en alerte, sa veste repliée en guise d'oreiller, elle dormit à même le sol, sur un lit de branches, dans des granges abandonnées, dans des écoles désertes et glacées, les femmes et les enfants tellement entassés les uns contre les autres qu'il était impossible de bouger un bras sans se heurter à d'autres, elle dormit enveloppée dans une mince couverture marron qui laissait pénétrer l'humidité du sol (ma mère : cette couverture tu la connais, c'est la couverture du repassage), sa petite fille serrée contre sa poitrine, les deux jointes comme un seul corps et comme une seule âme, sans Lunita je ne sais pas si j'aurais continué.

Elle fut, malgré sa jeunesse, dans une fatigue sans nom, mais elle continua chaque jour à mettre un pied devant l'autre, ADELANTE ! l'esprit uniquement occupé à trouver les moyens de survivre, se jetant à terre ou dans un fossé dès qu'apparaissaient les avions fascistes, le visage écrasé sur le sol et son enfant contre elle, terrifiée de peur et suffocante à force de pleurer, son enfant à qui elle murmurait Ne pleure pas ma chérie, ne pleure pas mon poussin, ne pleure pas mon trésor, se demandant en se relevant couverte de terre si elle avait eu raison de faire subir cette apocalypse à sa fillette.

Mais ma mère avait dix-sept ans et le désir de vivre. Elle marcha donc pendant des jours et des jours son enfant sur le dos vers un horizon qui lui semblait meilleur de l'autre côté de la montagne. Elle marcha pendant des jours et des jours dans un paysage de décombres et atteignit la frontière du Perthus le 23 février 1939. Elle resta quinze jours dans le camp de concentration d'Argelès-sur-Mer dans les conditions que l'on sait, puis fut dirigée vers le camp d'internement de Mauzac où elle retrouva Diego, mon père.

Après maintes péripéties, elle finit par échouer dans un village du Languedoc, où elle dut apprendre une nouvelle langue (à laquelle elle fit subir un certain nombre d'outrages) et de nouvelles façons de vivre et de se comporter, pas pleurer.

Elle y vit encore aujourd'hui.

Le 24 avril 1939, l'Éminentissime pape Pie XII, à peine élu, déclara : C'EST AVEC UNE JOIE IMMENSE QUE NOUS NOUS TOURNONS VERS VOUS, TRÈS CHERS FILS DE LA TRÈS CATHOLIQUE ESPAGNE, POUR VOUS EXPRIMER NOS FÉLICITATIONS PERSONNELLES EN RAISON DU DON DE LA PAIX ET DE LA VICTOIRE DONT DIEU A COURONNÉ L'HÉROÏSME DE VOTRE FOI ET DE VOTRE CHARITÉ.

8 février 2011. Ma mère se repose dans son gros fauteuil vert, près de la fenêtre qui donne sur la cour d'école. Raconter son été de splendeur l'a fatiguée. Sa joie à le dire l'a fatiguée.

De tous ses souvenirs, ma mère aura donc conservé le plus beau, vif comme une blessure. Tous les autres (à quelques exceptions, parmi lesquelles je compte ma naissance), effacés. Tout le pesant fardeau des souvenirs, effacé. Soixante-dix années d'un hiver interminable dans un village du Languedoc, effacées et à jamais muettes, pour des raisons que j'ai quelque mal à cerner, médicales peut-être, ou bien (et cette hypothèse reste pour moi des plus troublantes) parce qu'elles n'ont compté pour rien.

Ne persiste en sa mémoire que cet été 36, où la vie où l'amour la prirent à bras-le-corps, cet été où elle eut l'impression d'exister pleinement et en accord avec le monde, cet été de jeunesse totale comme eût dit Pasolini et à l'ombre duquel elle vécut peut-être le restant de ses jours, cet été qu'elle a, je présume, rétrospectivement embelli, dont elle a, je présume, recréé la légende pour mieux combattre ses regrets à moins que ce ne soit pour mieux me plaire, cet été radieux que j'ai mis en sûreté dans ces lignes puisque les livres sont faits, aussi, pour cela.

L'été radieux de ma mère, l'année lugubre de Bernanos dont le souvenir resta planté dans sa mémoire comme un couteau à ouvrir les yeux : deux scènes d'une même histoire, deux expériences, deux visions qui depuis quelques mois sont entrées dans mes nuits et mes jours, où, lentement, elles infusent.

La cour de récréation, que ma mère observait derrière la fenêtre dans un plaisir si pur, vient de se vider de ses enfants.

C'est soudain un grand calme.

Ma mère se tourne vers moi.

Si tu nous servais une anisette, ma chérie. Ça nous renforcerait la morale. On dit le ou la ?

On dit le. Le moral.

Une petite anisette, ma Lidia. Par les temps qui galopent, c'est une précaution qui n'est pas, si j'ose dire, surnuméraire.

Tous mes remerciements à Sonia Doña Perez et à Annie Morvan.

Le vif du vivant
dessins de Pablo Picasso
Cercle d'art, 2001

Et que les vers mangent le bœuf mort
Verticales, 2002

Contre
Verticales, « Minimales », 2002

Passage à l'ennemie
Seuil, 2003
et « Points », n° 1252

La Méthode Mila
Seuil, 2005
et « Points », n° 1513

Dis pas ça
Verticales-Phase deux, 2006

Portrait de l'écrivain en animal domestique
Seuil, 2007
et « Points », n° 2121

Petit Traité d'éducation lubrique
Cadex, 2008

BW
Seuil, 2009

Hymne
Seuil, 2011
et « Points », n° 2885

7 femmes
Perrin, 2013

RÉALISATION : NORD COMPO MULTIMÉDIA À VILLENEUVE-D'ASCQ
IMPRESSION : CPI FIRMIN-DIDOT AU MESNIL-SUR-L'ESTRÉE
DÉPÔT LÉGAL : AOÛT 2014. N° 111619-6 (125286)
IMPRIMÉ EN FRANCE